做有影响力的图书

除了
不认输地努力，
别无选择

白瑾萱 李洁珊等 著

广东旅游出版社
GUANGDONG TRAVEL & TOURISM PRESS
悦读书·悦旅行·悦享人生
中国·广州

图书在版编目（CIP）数据

除了不认输地努力，别无选择 / 白瑾萱等著 . —广州：广东旅游出版社，2019.8

ISBN 978-7-5570-1777-4

Ⅰ . ①除… Ⅱ . ①白… Ⅲ . ①散文集－中国－当代 Ⅳ . ① I267

中国版本图书馆 CIP 数据核字（2019）第 067115 号

除了不认输地努力，别无选择

CHU LE BU REN SHU DE NU LI，BIE WU XUAN ZE

白瑾萱等 著

◎出版人：刘志松　　◎责任编辑：梅哲坤　何 方
◎责任技编：冼志良　　◎责任校对：李瑞苑

出版发行：广东旅游出版社
地址： 广州市越秀区环市东路 338 号银政大厦西楼 12 层
邮编： 510060
电话： 020-87348243
印刷： 三河市华晨印务有限公司
地址： 三河市杨庄镇杨庄村
开本： 880 毫米 ×1230 毫米　　1/32
字数： 120 千字
印张： 8
版次： 2019 年 8 月第 1 版
印次： 2019 年 8 月第 1 次印刷
定价： 36.00 元

序

时间不多，请做好自己

▶ ◁ ◁

　　从呱呱坠地开始，每个人就成了这个世界上独一无二的存在。

　　尽管在身边人的眼中，你或许只是一个平常的生命体，但世界是用自己的眼睛看到的，在这样的视野里，周围的一切都是意识里的样子，生活的方式和品质也可以按照你想要的样子进行。

　　在旁人的评论和嘲笑中，你会感到彷徨，直接放弃梦想。回到别人认为正常的生活里来或许是避免伤害最直接的方法。

　　于是，当别人认为你穿红色亮眼时，你放下了手中黑色的单衣，以赞同的口吻亲手给自己抹上并不喜欢的颜色；当别人认为你不务正业的时候，你放下了画笔和吉他，无奈地把自己捆绑在艰难的尘世里；当别人认为你需要出色的伴侣陪伴时，你戴上有色眼镜，将本来更合拍的人排除在外，只因为他们并不符合身边人给出的物质标准。

只是，和长相一样，每个人的梦想是不一样的，尽管社会的运行轨迹会让不同的梦想分属在不同的"等级"，但就梦想的本质而言，追求梦想时积极向上的人生态度却没有高低之分。

门前的葡萄树还在开花，蜗牛迫不及待地走上吃葡萄的旅程成了黄鹂鸟嘲笑的故事。只是，蜗牛出发的时间虽然早，黄鹂鸟的判断却不是世上唯一的标准。

拥有敏捷步伐的鸟儿可以随意飞翔，等到葡萄熟了，它们扑闪着翅膀姗姗来迟也能品尝到鲜甜的果汁，但蜗牛速度太慢，唯一达到目的的办法，只有一步一步走向葡萄成熟的季节。

吃葡萄的方式不同，积极本身却是充满魅力的生命态度。如果为别人的眼光和评价放弃这种态度，转而变得消弭、畏缩，如此得不偿失地"讨"来一份好评，其价值又在何处？

讨好型的人格在交往的初期可以带来不错的效果，因为谁都喜欢迁就自己的人，那种刻意迎合对方而放低的姿态，也确实能让自己变得"迷人"一些。

只是，"迷人"之后呢？

伪装默契往往不能长久，刻意的扮演也终究不能成为人生常态。依靠崇拜和妥协建立起来的交往可以让对方更有成就感，但相处久了，维系这份成就感的如果是自己的停滞不前，或者是曲意逢迎，其结果只能是彼此的不舒适。

世界那么大，人生那么长，生活本来就可以创造出无限的可能，如果将他人茶余饭后的点评当成自己奔忙的焦点，因为迎合别人而放弃本真的追求、心中的理想，这样的人生，注定不会有精彩的一面，世界也只能在复制和粘贴的氛围里，染上千篇一律的灰蒙色彩。

所以，放开束缚自己的条条框框，不要让别人的指指点点成为生命的累赘。

当别人认为红色好看时，你可以大方地告诉他，黑色才是你最中意的色彩；当别人认为画笔和吉他浪费时间时，你可以告诉他，生活除了眼前的苟且，还需要诗和远方的浪漫；当别人某个硬件条件不错的时候，你可以告诉他，那个一贫如洗的姑娘，才是你心里唯一的真爱。

坦诚地面对自己，面对身边的质疑，唯有直面心中真实的诉求，才能走出"牢笼"，让你的人生活出自己想要的模样，世界也才能因此变得多姿多彩，充满魅力。

目 录

▼ ◁ ◁

第一章

世俗的眼光，没那么重要 / 001

人生是自己的，想要过什么样的生活，想要有怎样的精彩，都应该是你自己来做主。世俗的眼光，真的没有那么重要，没必要为了别人眼中的最好，而放弃自己的坚持。

第二章

每个人，都是生命的奇迹 / 067

只有懂得尊重自己，欣赏自己的人，才能真正活出精彩的人生，才能成为令人赞叹又羡慕的那个人。每个人都是生命的奇迹，都是最特别的个体，千万不要为了取悦别人，而委屈自己。

第三章

学会和懦弱的自己说再见 / 129

面对困难险阻，不要害怕。只有坚强勇敢的人，才能坚定地朝着自己设定好的目标，一直走下去。也只有坚持下去的人，才能与胜利会师。和曾经那个懦弱的自己说再见吧，勇敢踏上梦想的旅程，你终将会变得耀眼。

第四章

迈开双脚，用行动丈量未来 / 183

　　有梦想就要勇敢踏出步伐，只要在路上，就是离你的梦想又近了一步。哪怕梦想遥不可及，只要你坚持不懈，未来也一定会是美好的！

第一章 ○
世俗的眼光，没那么重要 ●

　　人生是自己的，想要过什么样的生活，想要有
怎样的精彩，都应该是你自己来做主。世俗的眼光，
真的没有那么重要，没必要为了别人眼中的最好，
而放弃自己的坚持。

■ 别向命运妥协，活出你想要的精彩人生（作者：凉湫）

　　俗话说得好，人生是自己的。每个人都有权利选择
自己想要过的生活，哪怕被命运嘲笑讽刺，被现实击溃

打败，也要努力去坚持，因为那是你自己的人生，没有人能帮你。

美琳离婚后，我带着她去了一趟泰国。除了去办公事之外，更多的还是想要陪她散散心。

我们跟团从曼谷到芭提雅，感受过大皇宫的威严奢华，看过人妖的魅力歌舞，我们尽情享受这难得的放松。这大自然最天然纯粹的景色，很快便治愈了美琳一颗伤痕累累的心。

在这短短的几天里，美琳就像脱胎换骨一般，不再像以往死气沉沉，浑身都透着积极。

大概是这景色太让人流连忘返，在回程的路上，她告诉我她想出去旅游，还自己列了一个旅游计划，想去的城市想玩的景点，甚至停留多长时间都在她的计划之内。

美琳滔滔不绝地说着，眼神是从未有过的清澈明亮，那神采奕奕的模样，一瞬间让我回到了大学时期。

美琳和我虽然在同一所学校，但并不是同一个班级，专业更是相差十万八千里。我学的艺术，她学的土木。

原来我们应该毫无交集，只是大学的下学期，我被寝室的人拉着一起锻炼，晨跑、游泳一个也不落，还跟着加入了爬山社，美琳也是社团的一员。

起初，在没有和美琳走近时，我对她的一切都极为好奇，毕竟在我们学校里，十个女生中没有一个人，会去读土木，所以美琳给我的印象一直很特别。

爬山社经常会举办活动，聚餐什么的都是家常便饭。有一次，社长组织我们出去野营，两个人一组睡一个帐篷，人员以抽签方式选出，而我和美琳则被老天选为一组。

刚开始，美琳还有些拘谨，就算我找她聊天，她也只是轻轻应一声。气氛太过尴尬，让我不好意思再找她搭话，两个人背对着背各有各的心思。

那天晚上风特别大，我夜里几次被冻醒，才发现用来暖身子的火炉被吹灭，便起身寻找炭火。路上听到求救声，顺着声音我找到了躲在树后面的美琳，她被一条蛇咬住小腿，大概也是想要出来找烧火的东西，身旁散落了一地的木柴。

我顺手捡了一根棍子把蛇打晕，扯着美琳离开，可美琳因为害怕毒液会扩散得更快不敢乱动，身体僵硬得无法走动。无可奈何下，我只得背着她去找社长，才借到了车赶往最近的医院。

所幸美琳中的毒液没有涉及全身，并无什么大碍，在医院住了一晚就被送回了学校。因为出了这件事，野营被提早解散。

没过多久，美琳来找我，说要请我吃饭，我没有拒绝。

那天，她和我聊起她家的事，还告诉我她喜欢爬山的原因。

她说或许大部分人喜欢爬山是因为可以强身健体，可她不一样。她只是想减轻压力，每当她爬到山顶，看着在云雾缭绕里，变得渺小的城市，在无形中给了她安抚，让她觉得没有什么难关是不能渡过的。

见我一脸疑惑，美琳有些不好意思："有一段时间我总觉得，爬得越累越好，只有这样我才能什么都不用去想。"

美琳的父母都是学校土木系有名的教授，爷爷奶奶也都是教师出身。作为书香世家，美琳家的家教极为严格。

从小，美琳就被家里管得死死的，无论做什么事，都要向家里报告，没有得到允许，就不能再做，还教她笑不能露齿，不能顶撞长辈，要懂得礼让。就连平日里吃饭，汤勺偶尔碰到瓷器上发出了叮的声响，都会被家里人批评。

在别的小孩子只知道疯闹玩耍的年纪，她却能将四书五经倒背如流，成了邻里口中聪明懂事的小淑女，每次看见父母满意的眼神，美琳僵硬地笑着，内心的痛苦却无法言语。

美琳其实并不是什么乖巧的性子，她一向都不喜欢规矩，追求刺激，喜欢冒险。每当她看见有成群结对的小孩子们，一起爬树掏鸟洞，一起钻防空洞，还会约着一起去森林里探寻秘密时，她都会闭上眼睛，把自己当成一只鸟，可以在天空下自由自在地翱翔。

那段日子，美琳只有在想象的世界中，才会得到一时的满足。

生活太过压抑，终于有一次，她实在憋不住向母亲提出，想要去和其他孩子们一起玩一会，被母亲果断拒绝："你是个女孩子。女孩子就应该安安静静地待在家里，出去和男生疯闹成何体统！"

母亲的话打消了她心中的念头，她只能强忍着委屈，走家里给她定制好的路。

因为总是闭门不出，也没有什么社交活动，美琳几乎没有朋友，别人向她说话她也不爱搭理，并不是有多高冷，而是孤独了太久，她已经忘记应该怎么和别人交流。

高中毕业后，美琳的父母想要她继承他们的衣钵，可美琳第一次没有听从家里的话，而是偷偷地报了旅游管理。

知道这个消息后，美琳的父亲大发雷霆，打了她一顿。美琳虽然被揍得躺在床上好几天，可却止不住开心。

然而，美琳没有得意多久，上了大学还不到一个月，就被父亲强硬地转了专业，为此，她沮丧了好几天，她斗不过家里，便不再反抗。也是在那个时候，她爱上了爬山这项运动。

我和美琳越来越亲近，经常会约着一起爬山，偶尔还会被她叫去家里做客。或许是因为我救了美琳的原因，美琳的父母对我倒是挺信任，让我和美琳多走近，我也得了这个便利，为美琳打掩护，让她可以放肆地做自己想做的事，去鬼屋冒险，甚至去外地旅游，探索新的世界。

快乐总是短暂，出了大学后，我出外打拼，而美琳考了研究生，留在学校教书，又再恢复了以往的沉闷。

在学校教书的第三年，美琳被父母安排和他们一个同事的儿子——李子相亲。李子也是学校的老师，人长得清秀，家世殷实又干净，勉强能称得上是人中龙凤。

两家人都是同行，也算得上知根知底，于是没等两人相处多久，就让他们结了婚。

美琳对李子谈不上多爱，但婚后的日子，李子对她还算不错，什么事都让着她，做事也比从前自由许多，生活称得上轻快恣意。

婚后不久美琳就怀了孕，被李子一家当成祖宗供养，皱皱眉头家里就紧张得像是末日来临。

美琳的孕期反应比普通人更严重，被折腾得不轻，李子的父母千辛万苦找到了一堆偏方，才止住了她的孕吐。

七月正值盛夏，美琳被医院通知胎位不正，最好选择剖腹产。还没等美琳说什么，一向对她关心爱护的李子母亲立马出声拒绝，说顺产对孩子好，说什么也不同意让美琳在同意书上签字。美琳的心里不舒服，她忽然觉得也许在李子母亲眼里，自己的命都比不上孩子的一个生产方式。

她和李子母亲据理力争，为了这事大吵了一架。吵架是小事，可最后美琳竟被气得早产，把一群人吓得手忙脚乱。

因为没有人签字，美琳只能顺产，直到美琳开始大出血，在这种严峻的情况下，李子母亲才在手术单上，心不甘情不愿地签下自己的名字。

在麻醉产生效用之前，美琳似乎还能听到李子母亲在抱怨："不过就是顺产嘛，真是个没用的东西，我孙子要是哪不好，我一定饶不了她。"

听到这，美琳心下一酸，陷入了黑暗。等到她再醒过来，身边空无一人，旁边的孕妇说李子一家都去了孩子那边，心里真的不是滋味。过了一会儿，美琳身上的麻药渐渐失去效力，身上的伤口疼得她直冒冷汗，她喊了许久也没有人回应她，反而是护士听到她的喊声，跑进来问她的情况。面对护士的温柔善意，美琳猛地一下子哭了。她不懂为什么连陌生人都懂得关心她，而她最亲近的人都如此冷漠。

正巧这时李子一行人抱着孩子走近病房，李子母亲被美琳哭得不耐烦："女人生孩子总是要疼一回，有什么好哭的，这点事都办不好。"就在李子母亲对她恶言相向时，李子就在一旁逗弄孩子，连看都不看美琳一眼，美琳这才终于看清李子一家的真面目，就在那一刻，她对李子彻底死心。

美琳坐完月子直接回了娘家，而李子一家没有一个人留她，于是她下定决心离婚。美琳以为至少还有家里人能懂她的委屈，没想到母亲听了她的想法，臭骂了她一顿，说是她想得太多，连孩子都生了怎么能离婚。

周围的亲戚朋友更是没有一个人能理解她，他们都觉得是美琳太矫情，面对父母的指责和亲友的不解，美琳的心凉了一大截。

因为这件事，美琳消沉过好一段时间，课上也是状况百出。带她上课的女老师，察觉到她的异样，在了解了事情的前后，她叹口气安慰道："想要做什么就去做，毕竟那是你自己的人生，没有人能替你生活。同样的，也没有人能决定，你应该要过什么样的生活。你要做你自己的主导者，追求你想要的快乐。只有这样，你才有资格收获你要的幸福。"

女老师的话击中了美琳的心，她立即向李子提出离婚。令她出乎意料的是，李子居然一口答应，直到那时，美琳才知道，原来李子早就有了外遇，而且外遇的对象还有了孩子，而这件事就连他父母都知道，只有她被蒙在鼓里。这件事被戳穿了，家里再也没有人阻止她离婚。

美琳什么都没要，包括孩子也都留给了李子。

我们从泰国回来不久，美琳向学校辞职，孤身飞去泰国独自生活。第二年，她遇到了一个合她胃口的男人，虽然家世没有李子好，可他们有很多共同话题，她告诉我，那男人还愿意陪着她去各地旅行。

后来的几年，他们走过张家界的鬼谷栈道，爬过西藏的珠穆朗玛峰，也看过长白山的天池雪景。他们一边走一边打工，赚到的钱只够吃饭，可他们依然义无反顾。

我怕美琳会吃苦头，让她找个正经的事做，免得以后没个着落，她却说没关系，至少这一刻她能感觉到这幸福足够真实。

每个人都是一个独立的个体，都应该拥有自己的生活方式，而不是妥协于命运的压迫，更不要惧怕世俗的眼光。

一辈子的时间很短，去做你自己喜欢做的事，爱你自己想爱的人，过你自己想过的生活，才能活出属于你的精彩人生，才不会在垂暮之后，回顾这一生的经历时，还留有遗憾。

■ 放开束缚，不再讨好（作者：白瑾萱）

解开为难自己的束缚，别让引以为傲的光环成为累赘，也别让他人茶余饭后的谈资成为你为之奔忙的焦点。

进入十二月，随着北风肆意的狂舞，皑皑白雪的出现，街上裹着大衣、行色匆匆的行人以及应景的冰糖葫芦，年的味道弥漫在空气中，越来越重。

大街上，五六个穿得圆滚滚的孩子正在橱窗前的空地上玩着跳着，羡煞旁人，吴芸站在街的对面出神地看着他们玩耍，不由地露出一丝羡慕的笑容，随即被身后的喇叭声拉回现实，继续赶在上班的路上……

当别人都在为迎接新年快乐地忙活着的时候，吴芸却丝毫提不起兴致，没能高兴得起来，因为年关一到，她给自己定下的"单身大限"随即到期，她将带着"剩女"的标签，步入三十七岁的新年。

对于很多三四十岁的人来讲，小时候对新年的期待和欢呼雀跃至今还是记忆犹新的，只是到了这个年岁，忙碌了这么些年，除了一两个混出"人上人"模样的人会感到心满意足以外，更多的人还是发自内心地感慨时间飞快，美好时光一去不复返。

而对于顶着"剩女"的标签过日子的吴芸而言，混了这么些年，平添的不仅仅是"时光一逝永不回"的烦恼，更让她郁闷的是，在无可奈何地收获了"大龄"两个字之后，单身的阴影仍旧无法摆脱。

烦，发自内心的烦。

其实吴芸自己也说不清楚是何时开始萌发这样一种对过年莫名抵触的情绪，也不记得从哪一年起，家里的大人们还有那些认识的、不认识的亲戚朋友们，开始将新年的祝福从"万事如意、新年进步、恭喜发财"不知不觉地演变成了"快快结婚""早生孩子"之类的话语。这也就罢了，还有爸爸妈妈隔三差五的苦口婆心更是让她急切地想要逃离。

累，发自内心的累。

面对这样的处境，吴芸最开始是给予极力回应的。毕竟对于这些关心，她似乎找不出任何拒之千里的理由，所以当时的她还会想些温暖的词汇或带有希望的语句安抚父母的心，无非是告诉他们终会有好消息的，无需过分焦虑。

但是到了后来，父母希望一次次的落空和"烙煎饼"一样翻来覆去的那几句安慰的话，让她的父母渐渐失去了等待的耐心，而她也渐渐地失去了抚慰的心思，转而采用极力解释的方式来应付他们的操心。

"一个人其实也蛮好，自由自在，没有什么牵绊和顾虑。"

"爸妈，我现在有房有车、收入也不错，身边有没有男人其实也没啥区别。"

"世界这么美好，我还想独自欣赏。"

不可否认，这些话一开始确实给父母焦虑的心带来了些许慰藉，但安慰和自我安慰的话说了三五年，效力不可避免地下降，眼看年关又至，同样的关心和询问即将如期而至，吴芸心里不犯怵自然是不可能的。

为了应付这场年关里的"恶战"，吴芸第一反应就是找闺蜜们帮忙。过年前这一周通常都是工作最闲的时候，吴芸才打了个电话，姑娘们就三三两两地赶了过来，连推辞的话都没有。

许久不见，几个关系亲密的姑娘聚在一起，寒暄了几句，就开始直入主题。

吴芸本以为自己要把问题详细地讲一遍，才能让闺蜜们理解自己的难处，没想到，才说了"没对象"三个字，闺蜜们就叽叽喳喳地提起建议，连准备的时间都不留。

闺蜜A说，现在是商品时代，没对象又怕询问，就上网"租"个男友，两人高高兴兴回家，回来后按约付款，既满足了老人的要求，又解决了后顾之忧。

吴芸一开始觉得A的提议很有意思，但新鲜感才过，理性思维回归，她本能地感觉到事情的不靠谱。

先不说租男友这事儿要花多少钱，单是网上信息鱼龙混杂，她就不能保证自己不上当受骗。如果遇上个君子还好，要是遇上个小人，人财两空，她连在风里哭泣的机会都没有了。

想到这儿，吴芸忍不住摆了摆手。

见主角嫌弃，闺蜜B说，不想骗人又不愿意被盘问，最直接的办法就是以加班做借口，过年不回家。

吴芸喜欢B这种快刀斩乱麻的性格，但是她的这个建议却并不适合自己。虽然父母一直对自己的终身大事紧追不舍，但身为儿女，回家见见父母是必须的，加上常年在外，春节小长假的聚会显得更加难得，所以因为惧怕而放弃合家团圆的机会，实在可惜，也没有必要。

和上一个一样，吴芸摇摇头，果断地否掉了整个提议。

Ａ和Ｂ的提议都没有通过，吴芸不由地把注意力放在了闺蜜Ｃ的身上。面对吴芸的殷切目光，闺蜜Ｃ想了想，这才建议吴芸在追求自己的男人中找一个确定关系，以此应付家里的检查，等过年回家，再随便找个理由把对方甩了，也就神不知鬼不觉了。

吴芸想不到这世上还有这样"薄情寡义"的做法，尽管能不错地解决问题，但玩弄感情这一类的事情，吴芸却不想碰。所以，没有任何意外，吴芸才听闺蜜Ｃ说完，便果断否定了整个建议。

眼睁睁看着所有建议都被否掉，闺蜜们对吴芸简直"无言以对"。在她们眼里，吴芸之所以成为"剩女"，就是因为她太优秀而且太挑剔。如果她能"渣"一点，或者能"随便"一点，那她的无名指上，早就带上结婚戒指了。

的确，作为现代社会里的女性，吴芸打从进学校开始成绩就名列前茅，每一门课程都拔得头筹。从名牌小学到名牌中学，再到名牌大学，吴芸的人生轨迹是令人羡慕的。上班后，吴芸同样没有让父母失望，靠自己的努力顺利地当上了公司中级经理，在自己喜欢的岗位上做出了不错的成绩。

一开始，周围的人对吴芸的表现十分满意，但随着年纪的增大，父母和周围的人开始把目光聚焦在吴芸的婚姻大事上。

曾经的骄傲成了众人诟病的"缺点"，身边的人都认为吴芸的"太优秀"，是没有男孩子敢接近她的根本原因。

吴芸耐心地听着闺蜜们的审判，一开始还觉得朋友们的话似乎有点道理。但当她回到家里，看见阳台上那只努力向上爬的蜗牛时，她却发现：自己的优秀其实并没有错。

就像努力向上的蜗牛一样，过去的经历里，吴芸同样积极向上。尽管这样的积极向上在给她带来成绩的时候，也让一些男生望而却步，但积极本身就是一种充满魅力的人生态度，如果为了婚姻放弃这种态度，转而变得消弭、畏缩，如此得不偿失地"讨"来一份爱情，其价值又在何处呢？

讨好型的人格在爱情初期或许能换来不错的效果，放低姿态也确实能让自己更加"迷人"。

只是，迷人之后呢？

依靠崇拜和妥协建立起来的爱情可以让对方更有成就感，但相处久了，维系这份成就感的如果是自己的停滞不前，或者是自甘堕落，其结果，难道不是得不偿失么？

世界那么大，人生那么长，生活本来就可以创造出无限的可能，如果因为想要得到一场爱情放弃了向上的机会，那之前那么多年的努力就白费了，自己的人生也不可能活出精彩的一面。

想到这儿，愁闷了许久的吴芸一下豁然开朗。

她突然发现，自己惧怕的年终"审查"，其实一笑而过就好。毕竟，人生是自己的，只有活出自己想要的模样，才不枉来这尘世间走一遭，也才能看到别人看不到的美丽景色。

解开为难自己的束缚，别让引以为傲的光环成为累赘，也别让他人茶余饭后的谈资成为你为之奔忙的焦点。只有放开固执，走出"牢笼"找寻真正的美好和温馨，冬夜才会变得温暖可人，等待也不再寂寞难耐。

■ 只需本色出演就好（作者：夏唯雪）

每个人都渴望受到他人的肯定，想要被贴上那些满含赞誉的标签。有些人为了获得那些金光闪闪的标签，放弃了自己原本的模样。而另一些人，却选择勇敢地活出本色——只做自己。

刚刚大学毕业的小雪，最爱打开手机玩玩"养青蛙"的小游戏。她是朋友们眼中的"90后佛系达人"，"青涩"和"热心"是小雪身上的金色标签。

小雪刚刚进入一家银行，开启了自己的职场生涯。家人和朋友都觉得小雪能在银行工作，说出去是件很有面子的事情。小雪的妈妈经常向别人炫耀小雪的工作单位，甚至还特意将自己家里的大额存款都存在了小雪所在的支行里。

小雪因此也常常陷入迷茫之中，自己当初选择这份工作到底是心之所向，还是只为了所谓的稳定和体面？

无处不在的标签，成了限制行为准则的一种束缚。浑浑噩噩中的大多数人，因为无法摆脱外界的种种标签束缚，而走上了别人推荐的道路。

在这家银行里，每个员工都被要求"微笑服务"。无论面对多么胡搅蛮缠的客户，都得表现得恭敬、热心。小雪在生活中是一位礼貌待人的小姑娘，她暗暗思量——"微笑服务"对于自己来说，肯定不是一个难题。

可是，涉世之初的小雪却未曾料到，在生活中，不仅有"讲道理"的客户，还有一些"不讲道理"的客户。当小雪在面对自视甚高的客户时，直率地用言语顶撞了客户。气急败坏的客户，将小雪的所作所为告到了领导那里。

"人生如戏，全凭演技。这个简单的道理，你到底懂不懂？"领导痛心疾首地问小雪。

小雪不满地咬了咬嘴唇，她已经憋了一肚子的不满。面对领导的谆谆教诲，小雪只想说——那样难缠的客户，任谁去都肯定会炸毛的！

可是，还没等小雪将话说出口，小雪便透过领导办公室的玻璃窗，看到了与自己同期进入银行的朱迪正在接待刚刚那名客户。只见刚刚那名难缠的客户，在三言两语之间便咧着大嘴，笑着出了银行的门。小雪低下了头，只能够将那些不满都封存在喉咙里。

朱迪在处理客户关系中，可是出了名的八面玲珑。各级领导对朱迪的评价都是——小姑娘业务能力很强。小雪偷偷观察着朱迪的一举一动，开始在工作中伪装自己的热情与乖巧。

小雪安慰自己道：社会就是这个样子，职场就是这个样子。虽然自己的心很大，但是，终究还是会的太少。成熟的职场人，必须在想要骂人的时候，依旧对待客户彬彬有礼，学会在复杂的职场中变得游刃有余。

小雪也学着朱迪一样给同事们带来可口的下午茶，在同事的朋友圈中变成一名"人肉点赞机"。小雪为了让自己越来越像朱迪，甚至开始模仿朱迪的穿衣风格。皇天不负有心人，小雪的客户评价分数越来越高。正当小雪开始为自己越来越像朱迪而感到沾沾自喜的时候，却在一次团建聚会中再次陷入了深深的迷茫。

团建聚会的地点在邻城的温泉度假村。领导在微信群里发了地点定位，让大家次日各自驱车前往目的地。小雪的闺蜜临时有事，小雪便挤上了同事王大姐的私家车。

一个小时的车程，说长不长。安静的车厢内，小雪心里琢磨道："这是一个拉近同事关系的好时机，我应该和王大姐聊点中年妇女最爱的家长里短。"

于是，小雪开始问王大姐的家庭情况。当知道王大哥是一名自由职业者时，小雪突然来了好奇心。

小雪问王大哥："像自由职业者，一般收入是多少啊？应该比我们拿死工资的强吧？"

王大哥正在开车，他眨了几下眼睛，对小雪说道："自由职业者收入起伏大，基本不固定。"

小雪接着问："大概的呢？平均一个月大概收入多少？"

王大哥抓了抓头发，苦笑道："我收入不高的。"

小雪还想继续问王大哥点什么，王大姐撞了一下她的肩膀，问道："前阵子看你帮朱迪她们代购了很多某牌子的化妆品，我一个小姐妹也想要那个牌子的口红。你帮她带一支呗。"

小雪笑着点了点头，打开手机里的图册让王大姐挑选色号。然后，又将王大姐挑选好的色号再发给正在香港出差的闺蜜。王大姐感叹着香港购物就是划算，称赞小雪的人脉就是广。小雪微笑地盯着手机，其实闺蜜对自己的代购行为早就不满了。但是，小雪每每遇到类似王大姐这样的同事，实在是不懂该如何爽快地拒绝。

汽车驶入一片山丘绿林中，四周的大理石雕像给人一股浓浓的异国风情感。小雪轻嗅着空气中的香薰气息，想去做朋友推荐的鱼疗。可是，王大姐看见了汤池里的朱迪等人，想听听朱迪她们正在聊的高层八卦。小雪只好放弃了去做鱼疗，陪着王大姐泡进了汤池中。

小雪的领导，人到中年却走了桃花运。今年年初的时候，开始和一名女下属产生了暧昧关系。最近这个女下属想要和小雪的领导结婚生子，所以逼着小雪的领导回家办理离婚手续。最近几天，单位里被他们闹得是鸡犬不宁。大家都在猜测，那位领导最终到底会选择红颜知己还是糟糠之妻。

小雪泡在池子的一侧，对着大家露出浅浅的笑容。身侧的一名长发女孩感叹道："我估计这次领导准会离婚！你们看看，这几天单位里闹得天翻地覆。如果不离婚，领导以后在单位还怎么面对他的小情人？"

小雪点了点头，说道："是啊，是啊。毕竟领导是个极要面子的人，看来这次是肯定要离婚的了。"

另一个女孩却说："那可不一定！你们知道吗？小雪的领导之所以能够有今天的地位，都是靠着他老婆娘家的势力。如果领导和他老婆离婚了，那么他就要净身出户。甚至，有可能连工作都保不住。你们以为领导是那种只要爱情，不要面包的人呀？"

小雪听了，也点了点头。说道："是啊，是啊。现在的男人都是很现实的，看来他这次是肯定离不了婚的了。"

长发女孩不满地看了一眼小雪，嗤笑道："别人说什么就是什么呀？你能不能有点主见？"

另一个女孩接着说道："真是拎不清！每次朱迪买了什么新衣服，过几天总能在你身上看到同款的。你们看看她身上的泳衣，和朱迪姐又是同款。"

小雪窘地满脸通红。上海话的俚语"拎不清"，指的是做人不聪明，处理事情夹缠不清。的确，小雪是偷看了朱迪的朋友圈，模仿着买了同款的泳衣。从那刻开始，小雪开始重新思考自己的所作所为：我是谁？我为什么要模仿别人的样子，想要贴上和他人一样的标签？

几个女孩纷纷从温泉中站了起来，池子中独独留下了王大姐和小雪两个人。微风拂来，小雪湿漉漉的皮肤让她颤栗得瑟瑟发抖。

王大姐叹了一口气，说道："小雪，你这孩子什么都好，就是太在意别人的评价了。其实，人活着，哪能够都按照别人说的来做呢？"

小雪想起以前在王小波的书里读到，活着就应该推翻生活的设置，勇敢做自己。小雪从此以后逐渐停止了帮同事代购的行为，也不再模仿朱迪的穿衣风格来打扮自己。

朋友圈里常常有人发送"30条成功的方法""10条特质决定你就是什么样的人"等文章。每个人都想拥有"人脉"，所有人都以拥有一个庞大的朋友圈为荣。我们总是很希望通过别人去定义自己。我们都想要从别人成功的故事里听到一点端倪，使得自己也能成为朋友圈内的传奇人物。

但是，每个人的精力都是有限的。伪装的殷勤，就像是无效的社交，甚至还有反作用。小雪也渐渐地淡出了同事们的朋友圈，不再成为人肉点赞机。

小雪趁着有时间的时候，读了很多名人的传奇故事，从故事中懂得了许多道理。读再多的传奇故事，都不会让你成为他人。我们只能够做自己。

生活只有活着或死去两种。为了别人而活，这样的人，25岁就死了，只是一直到75岁才埋葬。没有自我，于是没有自己的路；没有自己的路，于是去走别人的路。在别人的路上，去追赶别人的步伐，一旦没有跟上便会焦躁不安。

要学会从沉闷的现实中寻找有趣的生活，学会用我行我素反抗枯燥的世俗。学会从种类繁多的标签中，逐渐拼凑出一个完整的自己。哪怕，那个真实的自己并不是那么讨人喜欢。

学会表达真实的自己，不要让标签成了一种限制。如果人生如戏，那么本色出演就好。

■ 谁说雨里不能奔跑（作者：龚春雪）

我们无法选择天气的好坏，无论是晴天里的风还是阴天里的雨。人生的赛道上，我们无论以怎样的姿态向前，总有坎坷和不平，一段路程，总会碰见雨水沾湿了衣服，大风刮乱了头发，除了哭泣，我们还可以迎难而上，直面风雨。

那天，我看见那个叫樱桃的姑娘，笑容格外明媚。她是一个笑容甜美得让人如沐春风的女孩儿，谁又能想到这样的姑娘，老天并没有一开始给予她足够的眷顾。

樱桃很爱笑，口头禅是"人心都是肉长的，我对他好，他就会对我好！"

所以善良是我给她的评语，人说爱笑的女孩儿运气总不会差，可樱桃的笑容一开始并没有给她带来很多的好运。

十三岁那年，母亲重病，她一个女孩儿和父亲一起扛起家庭的重任。那年她刚上初中，每天面对繁重的课业，还要肩负起母亲的角色，照顾年龄不满六岁的弟弟。日子却并不会因为你原本艰辛就对你宽容，半年之后，母亲的病情加重，原本就已经在风雨里摇摇欲坠的小家，在磨难面前不堪一击。

为了给母亲治病，父亲卖了家里所有能卖的东西，借了所有能借的钱，一家人坚信只要母亲还活着，家就还在，一切就都还有希望。在这个信念的支撑下，樱桃笑着洗衣做饭，笑着送弟弟上下学，笑着为母亲买药陪母亲打针。她相信笑对人生，人生会给予她微笑的回报。

刚步入青春期的她，在别的女孩儿开始张扬肆意的年纪，她过早地懂得了生活不易，过早地体验了人间的冷暖与无情。她心疼父亲为了养家，为了赚钱，早出晚归。更心疼被病痛折磨的母亲，常说"恨不得替她疼。"

一家人的日子在困难面前小心翼翼地继续，她珍惜当下还拥有母亲的每一天，甚至觉得只要自己足够努力认真，老天爷就会晚一点，再晚一点带走她的母亲。

作为一个十几岁的姑娘，她什么都懂，也什么都能够预见，只是心里依然保留一份天真，相信奇迹总会出现。所以那段重压的日子里，她每天早上四点起床，做家务，割草喂猪喂鸡鸭，准备好早饭，送走了父亲，安顿好母亲，牵着弟弟的手去学校。

她的学校和弟弟的学校中间相隔千米，她每天都要把弟弟送到学校之后，再急匆匆地跑去上学，所以尽管每天起得很早，但还经常踩着铃声走进班级。

农村的学生学习英语是吃力的，她知道英语的重要性，所以她学习得很认真，努力背单词、努力背课文。她不是班级学习最好的学生，甚至有些落后。她没有抱怨过是因为家庭的重担使她没有办法集中精神，没有更多更充足的时间供她学习，但她没有因此而自暴自弃，相反她在学校学习得更加奋力和拼命。

别人背 20 个单词需要十分钟，她用二十分钟，别人背一篇英语课文用一个小时，她用两个小时……

一步一步，踩着困难，她奋勇向前，她相信自己，只要认真地活着，努力地活着，一定可以变好的，一切都一定会变好的！

终于，机会来了。县里举办英语演讲比赛，因为她的努力老师们都看在眼里，所以老师决定让她参加选拔，在经过精心准备和刻苦的练习之后，她脱颖而出，获得代表学校参加比赛的资格。

比赛的那一天，万里无云，天气晴朗得可以闻到云彩的气味儿，这是樱桃自己形容的，应该是她最真实的感受。她觉得当时走路都是轻飘飘的，因为紧张，更因为兴奋。

早上，她兴高采烈地向母亲说自己代表学校参加比赛的事情。母亲很开心，已经被病痛折磨得消瘦枯黄的脸上绽放了很久没有出现过的笑容。那一刻樱桃想，她一定要得奖，要让母亲高兴，这样她的心情会好些，她的病也可能会好些。

抱着这样的信念，樱桃上台了，果然不出所料，她表现得很精彩，语言很流利，表情很大方，感染了台下的老师们，最终获得了二等奖。

奖品是一本书和一个钢笔。她从来没有见过那么好看的钢笔，但是真正让她视若珍宝的却是崭新的奖状。她决定要把奖状挂在母亲的床头上，让母亲天天看着它，让母亲知道，她的樱桃是那么的优秀，让母亲多一份活下去的信心。

她太开心，也太心酸了。心酸，是因为每天听着母亲哼哼着疼，她无能为力。所以她寄希望于奖状，希望自己的奖状，能让母亲的疼痛可以缓解一点儿！

路上，樱桃想了很多，她觉得阴云已经被风刮走，人生会越来越好。只是她忘了，天有不测风云，老天总是爱开玩笑，他给你幸福的假象，让你身处云端的时候，突然跌落在地，他从不在乎你的这份幸福是多么的卑微和小心。

回来的路，樱桃坐在老师的自行车上，一阵狂风，电闪雷鸣，随后不久下起了雷阵雨。

雷声轰鸣，每一道闪电都在头顶炸开，在自然面前，她感觉到了人的渺小。同时她的心开始惴惴不安。她将奖状藏在衣服里，尽自己最大的努力防止奖状被雨水淋湿。眼里开始有眼泪流出，混着雨水，落在泥土里。心情失落的那种感觉，她无法形容，似乎冥冥中感觉到了什么。

老师骑车的速度很快，他也急着回去。一路泥泞，并没有合适避雨的地方，在这种情况下，他们只能奋力地往回赶。雷声阵阵，世间仿佛一个炼狱。不知道走了多久，樱桃闭着眼睛，她的心里只有一个担心，如果不能回家，母亲就无法知道自己得奖，那该多么地失落。就这么胡思乱想着，渐渐地头顶雷声变小了，雨也停了。

到家的时候已经是下午，雨后的空气有些冷，天上没有太阳，她忍不住打了一个寒颤。小心翼翼拿出藏在怀里的奖状，因为护得严实，所以仅仅在边角浸湿了一些。

还算好的，她轻轻呼出一口气，走进家门，却看见家里围满了人。一种不祥的预感顿生，樱桃的心提到了嗓子眼，不知道怎样冲回家的，她只记得看见父亲满面愁云地坐在凳子上。眼泪夺眶而出，樱桃那么聪明，她已经猜出了什么。

她知道家里已经没钱了，她知道母亲的病情恶化了，她从父亲的脸上看出了一切。

几乎是踉跄着走进母亲的房间，两个阿姨在小声地啜泣。樱桃拿出奖状，想让母亲看，可母亲紧闭着双眼，好像睡着了。

她喘着粗气，半天才终于找回自己的声音，问出：
"我妈咋啦？"樱桃似懂非懂地问阿姨，可声音止不住地
颤抖。她多么希望能够听到一句没事，母亲只是睡着了。
然而阿姨只是接过樱桃的奖状，哭出了声音。

当天夜里，樱桃的母亲停止了呼吸，她没来得及看
见樱桃的奖状，就彻底地离开了。樱桃默默地将奖状贴
在了母亲的床头，尽管后来母亲的床铺已经空了。可樱
桃觉得，母亲一定会知道的。

母亲走后，父亲去了更远的地方打工，她依然在家
上学和照顾弟弟，渐渐地一切又开始步入正轨。只是夜
深人静的时候，樱桃总会流泪，她想念母亲，她的心中
更有遗憾，梦里也总能梦见母亲拿着她的奖状笑得合不
拢嘴。其实，她多希望母亲能够看见啊！她多希望母亲
能够夸奖她一句啊！

生活突如其来的重击会击垮懦夫，却无法击垮内心
强大的强者，哪怕娇小的身躯，只要有信念，就能扛起
重担。

樱桃知道母亲的愿望是希望自己和弟弟能够出人头
地，她更知道她的出路只有读书，所以她学习更加努力，
同时她也不忘辅导弟弟。她告诉弟弟，只有读书才能改
变命运，读书是母亲的遗愿。

皇天不负苦心人，她和弟弟的学习成绩越来越好，姐弟俩经常获得奖状回家。后来，母亲的床头已经贴满了奖状。

　　春去秋来，花开花落，转眼三年，父亲娶了继母。在这个负债累累的家庭，父亲再婚究竟是喜是忧？樱桃不能过问，唯有沉默。

　　而不幸依然没有停止，父亲和继母让樱桃辍学回家，理由是女孩子上学没有用，不如早早出去打工，还能挣钱补贴家用。

　　那一次，原本安静温和的樱桃，第一次强烈地反抗，她坚持要读书，她要上高中，她要改变命运，要完成母亲的遗愿。她和父亲发生了第一次争吵，双方各执一词，都不肯退让，这直接导致了父亲动手打了她。

　　樱桃不敢相信，她万念俱灰，她愤怒，她哭闹，她甚至说出了要和父亲断绝关系的话。因为她的坚持，父亲最后退让一步，不需要她辍学，但是却没有钱继续供她上学。

　　樱桃并没有被困难吓倒，夜里，她步行走到了阿姨家，说明了情况。尽管阿姨家也并不是很富裕，却愿意为樱桃出钱供她继续上学。就这样，樱桃在两个阿姨的资助下念完了高中，并且考上了当地一所知名的大学。

上大学的时候，是村里的乡亲们帮忙想的办法，帮她申请了助学贷款，父亲的情况也好了些。大学里她从来没有放松过自己，不仅勤工俭学，还时常拉扯弟弟，最后她以优异的成绩毕业。因为生活的磨砺，她性格沉稳踏实，所以很快找到了理想的工作，命运彻底地发生了改变。

前几天见她的时候，她已经还清了这些年所有的欠债。这个被命运辜负了的女孩儿，活成了自己想要的样子，金光闪闪，斗志昂扬。她的面容纯粹，仿佛不曾被生活欺负，可眼神笃定，带着一种敢于与生活对抗的决心。

她说弟弟也越来越优秀，家庭情况已经改善了很多。她不恨父亲和继母，因为当年的情况确实很艰难，她选择理解，但是她更加感谢自己的阿姨和乡亲们，没有她们的帮助，就不会有她的今天。

这个善良、懂得感恩的姑娘，我知道她未来的路会越走越顺畅，会有无数美好等待她，因为她扛住了生活的艰辛，懂得了人生的真谛，她值得拥有幸福的人生。

人生是一条漫长的路，一路上欢声笑语，可偶尔有雨打伤了蝴蝶的翅膀。风雨中我们渺小得如一叶扁舟，唯有坚定信念，勇往直前，才能获得属于自己的精彩。

其实风雨并不可怕，因为当我们在雨中奔跑时，可以让所有痛苦转化为养分，使我们更加茁壮地成长。

■ 我很丑，但我很温柔（作者：李溪亭）

每个人都有闪光点，每个人也都有弱势。美丑是外表，而善恶才是内心。遵从本心才是最重要的，我见过长得美的人对人恶言相向，我也见过丑的人救人于水火之中。

走过的路途里我们会遇见形形色色的人，有人会对你的样貌进行评价，也会因此为你评定等级。

在上初中的时候，小琳就曾被人称为学校的"恐龙版女子十二乐坊"。这样的日子里，小琳几乎天天活在人们鄙夷嫌弃的言语里。同学们看到小琳走过来，便会掩着鼻子，一脸的厌恶。对待她触碰过的一切，都会像对待污秽之物一般，所经过之处都会有人的指指点点。而这一切，不过是因为小琳长得不漂亮，说话声音不好听。

之所以是"恐龙版女子十二乐坊"，是因为里面定下了十二个人，班班都有至少一个，而这一个，一定是长得不漂亮的女生。全校的人都会对着她们说三道四，她们走过来，都可以用闻风丧胆来形容。小琳也不过是其中一个，只不过她也是其中被全校嫌弃欺辱得最厉害的一个。

初中三年的时光里，哪怕只是对小琳没有冷言冷语的同学，都会被其余的同学调侃。可是我却看到了她的坚持，她的乐观。在同学欺辱她的时候，她曾哭过；在所有人嘲笑她称她为"黑猩猩"的时候，她曾哭过；在所有人厌恶她的时候，她曾落寞过。可是她从来没有放弃，没有放弃善良与温柔。

我说她是一个温柔的女孩子，从来不会因为自己被欺负而去惹出事端，只是踏踏实实本本分分地做着自己的事。而我注意到她是因为她曾用她的善良与温柔感染我，让我也开始在黑暗里寻找光芒。

必须要说明的是，我也是学校里受排挤的一员。当体育课上跑步时，一个篮球从场内飞了出来，直接向着我的头便砸了过来。那速度之快，让我根本没有反应的时间，也没有反应的方向，可当我倒地的时候，却没有一人扶住我，而是任由我就这么倒在地上。手在塑胶操场上擦破了皮，而头也被砸得晕乎乎的。那时候的感觉便是这个世界好似将你抛弃，只因为你长得不漂亮。可是，只有小琳不顾任何人的眼光将我送去了医务室。

我承认,在此之前我也不看好她,虽然同样都是被歧视的对象,但并没有什么惺惺相惜的感觉,反而只是嫌弃的更多。可在那一刻,我才发现自己根本不配做她的朋友。

小琳是单亲家庭,父母离婚后跟了父亲,而父亲对她爱理不理,家庭条件又很贫困,于是她的生活需要自己照顾自己。初中的时候,她都不足 14 岁,却已经开始自己照顾自己的饮食起居了。

对于一个孩子来说,每天照顾自己,还能正常上学,其实很难。再加上每日到了学校,还要承受这么多人的白眼,而且她的成绩也不理想,老师自然也就没有像对其他好学生那样,对她那么上心。

所以我问她:"你觉得痛苦么?"

小琳说:"痛苦么?或许曾经我也痛苦过,破罐子破摔过,可是现在我站起来了。别人怎么看我不重要,重要的是我要明白自己想成为什么样的人。只要你自己想清楚了前路的方向,又何必太在意他们的言语呢?"

我听完之后有些懵地望着她说道:"可是我见你哭过,你也会因此难过的不是么?"

小琳说道:"是啊,我是哭过,可我不会因此而去恨自己,恨世界,恨父母,也不会因此放弃自己。如果你不放弃自己又有谁能放弃你？命运在你自己的手里，你便拥有希望活出自己的精彩。"

小琳的话就好像是一颗定心丸一样，让人拨开迷雾看到原本明亮的天堂。本来就是，世界是大家的，何必为了他人的眼色而去改变自己呢？长相的丑与美并不能定义一个人，看人还是需要去读心。而我丑又如何，我有一颗善良而温柔的心比那姣好的容颜更为重要。

小琳还为我讲述赵传的事迹，也说着自己的心灵经历，而我则是侧耳倾听。

李宗盛曾给赵传写过一首歌《我很丑，但我很温柔》，里面就有写道："我很丑，可是我有音乐和啤酒，一点卑微，一点懦弱，可是从不退缩。"

赵传丑么？丑。在这个看脸的时代，许多时候实力与长相相比，长相比实力更吃香。至于长相不大好的，几乎寸步难行。

可赵传成功脱颖而出，一个人的成功除去天赋与机遇便是努力。努力的前提就是你不自我放弃，若是你都将自己放弃，又有谁来拯救你？丑陋的外表，成了他的形象与特色。后来，谁人不知道赵传，又谁人不知道他的温柔？

小琳说："赵传的出现点亮了我的世界，我沉浸在他的歌曲里，渐渐明白，如果自己不甘这一切为何要妥协？"

是啊，为何要妥协。如果不甘这样的安排，为何要妥协。为何要因为一张脸的缺失而缺失掉整个人生、整个心灵？我当时就不停地点着头，小琳在我眼里的形象开始闪烁着光芒，她不再是人群里的普通一员。她的心态是人生路上的一剂良药，让我不论在何时都会坚持不放弃。

校医院那次交谈之后，我开始关注小琳的日常。于是，我发现她临摹的漫画人物惟妙惟肖，原来她在画画上这么有天赋。我发现她的手工做得很精细，她自己对于那些细小而繁杂的步骤一点儿也不厌恶，反而乐在其中。她的笑容也是那么真诚，那么温暖。原来一个坚持不懈，阳光乐观的女孩子是这般好看。

我也曾多次看见长相漂亮，衣着打扮时髦的女性，但毫无怜悯之心。还记得网上那个穿着漂亮的高跟鞋虐猫的女性么？在知道这一切之前，她美么？至少不丑，不是么？可是她的行为确实那么残忍，那么狠心。你还觉得她好看么？

丑与美是外表，而善良与阴险是内心。好看的皮囊千篇一律，有趣的灵魂万里挑一。再好看的外在都有一天会看腻，可是如果一个人的内心是有趣而有吸引力的，不论她和你在一起多久，你都会感到新鲜。有一种女生是第一眼很靓，再后来就越来越无趣。但还有一种女生第一眼不美，可是越相处却越让人喜欢。内心的丰富程度总是能远远超越面容上的缺失。

小青是"恐龙版女儿十二乐坊"的另外一员，她家与我家隔得很近，我们经常在上学的路上相遇。她的性格没有小琳那么温顺，面对他人的闲言闲语她都会瞪回去，是个绝不服软的女生。就这样的一个女生，当我在上学路上被小流氓威胁时，她挺身而出，即使我们并不相识。

我想一个女生的勇敢与面容无关吧，她的美早就藏在了心里，根本不需要用面容来争夺到他人的喜爱。也是从那一次我才与她相熟，也是与她相熟才知道，原来每一个人的故事都是崎岖而纷繁复杂的。所有开朗的人都没有表面那么快乐，所有看似坚强的人都没有表面那么坚硬。

我问小青："你当时怎么会勇敢地站出来，帮我解围？"

小青看着我笑了笑，过了好一会儿才说道："我没有想那么多，只是看到了那样孤立无援的你，感到很弱小，就好像我的哥哥一样，需要人去保护，而我既然看见了，又怎么能视而不见？"

我有些好奇地问她:"你哥哥,不应该是保护你的人么?"在每一部书里哪个不是哥哥保护着妹妹,怎么还会有需要妹妹保护的哥哥。

小青悠悠地叹了口气,似乎只要一提起她的哥哥,她的表情便会变得十分温柔:"我哥哥拥有智力障碍,现在依旧需要人来照顾。我爸妈因为哥哥而离婚了,妈妈压力很大,导致脾气暴躁而又经常哭,只能我保护哥哥。"说着说着她笑了笑:"但我很喜欢我哥哥,他是唯一不嫌弃我丑的人,有他在我身边,我也就不再感到孤单。"虽然脸上是笑容,可我明明看到了她眼睛里闪烁着泪光。

这样的故事,是我所没有想到的。我曾以为大家都和我一样,有一位和蔼的妈妈,和一位严肃而保护孩子的爸爸,有一个温暖的家。也是在听完她们的故事之后,我突然明白,我根本没有理由这样的颓废,这样容易放弃。比我艰难的人都还在努力啊,都还是那么乐观,那么坚持不懈。

我还曾问小青:"你为自己的长相而苦恼过么?"

她低着头沉默了一阵,才抬起来看着我,说道:"我要说不苦恼,那就是谎话。哪个女孩子不渴望拥有一张漂亮的脸蛋,可是苦恼也没有用不是么?如果成了改变不了的事实，那不如去做那些可以改变的事，比如除了脸之外的一切。你说呢？"

是啊，如果那些成了改变不了的事实，又何必为了那些而苦恼沮丧，让自己待在黑暗里？

我丑，但我很温柔啊，谁说的长相决定了人生？

赵传打开了自己的世界，用他坚定的信念。小琳和小青也抛开迷雾将自己沉浸在阳光下，去吸收那些美好的事物，用自己的坚持不懈为自己博一方天下。虽然我并不知道她们现在如何，可直到毕业的时候，她们依然走在那条阳光之路上。她们告诉我，忘记那些不好的事，用你的眼睛去看着世界的美好，你也就不再黑暗。

我很丑，可我有我的梦想与我的信念。不卑微，也不懦弱，更不会退缩。

■ 只有一个观众，也要倾力演出（作者：熊探）

我们想成为这个社会的主角，渴望无数的掌声和鲜花。但是，这样的生活并不是每个人都有幸可以得到的。作为普通人，我们只需要好好生活，努力经营自己的人生，就是成功的。

琉璃是个非常普通的姑娘，她从小就是一个很忠诚的观众。

姐姐穿着漂亮的裙子在舞台上表演，节目的名字叫做《八个小娃娃》。琉璃就在舞台底下给姐姐鼓掌。等到姐姐从舞台上走下的时候，琉璃给了姐姐一个大大的拥抱，并说，以后自己也要做一个很好的舞蹈家。

姐姐笑着摸着琉璃的头，说："我期待着能够成为你的观众。"

琉璃很认真地点了点头。于是，琉璃六岁便开始了自己的舞蹈之旅。

每天同学们回家看电视、打游戏的时候，琉璃就一个人来到舞蹈房，跟着一位很严肃的老师一起练习舞蹈。

琉璃的身板并不适合练舞，只不过是她一再地坚持，希望能够成为一名舞者，老师才不得不收下了她。但是实际上，老师总是一味地要求着琉璃，总是给她更加严格的标准，变着法儿给她压力，想着让她自己退出。但是，琉璃却偷偷地抹着眼泪，一次又一次地完成了老师的任务。

慢慢地，老师开始发现，其实琉璃才是一个合格的舞者。她不具有舞者的腰肢和身量，但是她却有着舞者的精神和灵魂。琉璃在跳舞的时候，总是会给人一种力量，让别人知道，她的身份是个舞者，她是个永不言败的倔强姑娘。

于是，老师便开始单独辅导她。当然，每次布置的任务都是比别人难的，要求也更高的。不过不同的是，这次老师是希望她能够成为一名优秀的舞者，才特别安排的练习，而不是想把她拒之门外。

琉璃当然也没有辜负老师的一片希望，所以，练习得更加努力了。很快，她成为了群舞里的主角，她也成为了独舞的第一人选。也许她的名字并不被人所熟知，但是每个人看完她跳舞，都会被这种生命的力量所震撼，脑海中深深地刻印下了这个姑娘的模样，以及那完美的舞姿。

那一年，琉璃刚刚十四岁。

后来，有一个机会，琉璃代表学校参加一场极为重要的比赛，当接到通知的时候，琉璃就开始了自己的征程。每天读完书之后，她第一时间就是去练功房，压腿、起跳，从基本功到很难的舞姿，一步一步来，从来没有任何的投机取巧。

她从天刚蒙蒙亮，跳到太阳升起，她从天刚黑，跳到月亮无踪。汗水湿透衣服是正常的，脚趾甲被磨得破裂也是正常的，这一切背后，没有看见过她喊过一声累，说过一句苦。

大家问她："琉璃，你已经做得很好了，可你依旧这么努力，你是怎么坚持下来的呢？"

琉璃说："我想成为一个非常大的舞台上的舞者，在聚光灯的照耀下，舞出我最好的舞姿，跳出最动人的舞蹈。"

琉璃对未来是充满信心的，大家也相信琉璃可以做到。可就是在这个关键的时期，琉璃却感受到了来自自己膝盖的痛楚。在那天刚刚跳完舞之后，琉璃便倒在地上疼得动不了了。

于是，琉璃被送到医院。不幸的是，医生给出的诊断证明是"膝盖积水"。

"琉璃，没事儿的，跳舞的都会有这个问题的，慢慢养，就……"

看着琉璃将头埋在膝盖之间，大家悄悄地停了声响。

琉璃自己心里非常清楚，她今后，可能再也不能跳舞了。

摸着越来越僵硬的膝盖，琉璃最后还是参加了那场比赛。这是她第一次参加这么重要的比赛，也是最后一次。

比赛上，选手都非常优秀，他们和琉璃一样，有着蓬勃的青春，更有着对舞蹈的那份热爱。他们都很享受跳舞过程中的感觉，在舞蹈中，他们能够找到自己，看到明天。

琉璃看着别人跳舞，突然之间就想到了这样一幅画面：完成自己舞蹈的时候，伴随着帷幕慢慢落下，大家纷纷站起来，为她鼓掌，为她的舞蹈，也为了她。

这样想着，琉璃慢慢地活动起来开始热身。还有五个人，就到她了。

"下面有请，舞者——琉璃！"

琉璃踮着脚尖走到舞台上，刚想跳跃，却突然发现膝盖一阵僵硬，于是她硬生生地摔在了舞台上。

这次的摔倒，让琉璃想起了自己第一次跳舞，老师让她随便跳一下，可她一跳，却跌在了练功房。没想到，十年之后，她还会摔倒。这次摔倒，让她想到了第一次摔倒，也让她回到了最初的时候。

后来，琉璃参加了那年的高考，并考上了一所不太有名的大学。每次小姐妹们对着镜子跳舞臭美的时候，琉璃总会黯然神伤，静静地摸着自己的膝盖。她想着，如果她可以跳舞的话，现在应该是另一番光景。可是，却再也回不去了。

琉璃在课余的时候，做了一份家教的工作。教的是个漂亮的小姑娘。那次，琉璃去小女孩儿家上课的时候，正好赶上女孩儿练习跳舞。琉璃就这么认真地看着，她突然想起了自己跳舞的那段时光，那样的执着，那样的无忧无虑，那样的奋不顾身。

可是，时光一晃而过，已经好几年了。这些年里，生活中没有舞蹈，仿佛她的人生也失去了色彩，失去了未来和希望，失去了原本属于自己的一切，以及最初的梦想。

"姐姐，你会跳舞吗？"

女孩儿的一声问候，将琉璃拉回了现实。

"我，我会的。"

"那你现在还跳舞吗？"

"嗯，不跳了，已经好久不跳了。"

"为什么不跳了呢？"

"因为我的膝盖受伤了。"

"哦。"女孩儿低下头，看着脚尖儿，突然又抬起头来，对琉璃说："姐姐，你教我功课，你是我的老师，可是你也可以舞蹈，这样，你依旧还是我的老师。"

琉璃愣了一下，是啊，她怎么没想到呢。她只知道自己不能跳舞了，所以就再也没有接触舞蹈，但是和舞蹈联系的方式有很多种，教别人跳舞也是其中一种，而不是一味地逃离。

"可以的，那你跳一下，我看看有没有要纠正的地方。"

看着翩翩起舞的女孩儿，琉璃又想起了自己，也想起了那个陪伴自己的老师。

在以后的几年里，琉璃一直担任着辅助舞蹈教学的工作。在毕业之后，她开了一家小小的舞蹈馆，刚开始经营的时候，只有五六个学生，教学设备也不是很丰富，更没有什么高科技的指导和操作。

但是琉璃就这样一板一眼地教导着，送走了一批又一批的学员。这些学员里，有些在以后的若干年里，继续跳着舞，而有些则跳完一阵儿就不再跳了，从事了其他职业。可是不管是怎样的，她们都在保持着联系，心中怀有着一份对于舞蹈的痴恋。

再后来，琉璃租了一个很大的练功房，用了一些分析人体肢体的高科技设备，更加精准地分析个人的发展，保障到达其主要的发展要求。

也有越来越多的学生，参加到了琉璃的班级里，她们有些是被介绍过来的，有些是被琉璃的名气吸引过来的。不管怎么样，琉璃已经在这座小城，小有名气了。

就这样过了很多年。琉璃，早已经不是那个初出茅庐的大学生了，她经验丰富，对事业长期怀有着热情，在不知不觉之中，已经成为了大家首选的教师。

琉璃在一个下课的时候，突然就想去看看以前学习舞蹈的地方。当她走到门口的时候，发现练功房已经变了一个模样，这个模样更加明丽，更加多彩。当老师走出来的时候，琉璃发现，时光给予老师的，是一种别样的沉淀，而非年纪的增长。

师徒二人走路的时候，老师对琉璃说："琉璃，当我看到你的时候，我想了很多很多。当初我之所以不希望你跳舞，是因为我看到了你的热情，也正是因为这份热情，让我怕万一有一天，你不能跳舞了，会不会变得颓废。"老师顿了一下："但是，也是热情，让我想放手一搏。事实证明，我做对了。"

琉璃说："谢谢你，老师。"

"不，琉璃，我应该谢谢你，是你给予了我生活的热情，让我得知自己因为疾病再也不能跳舞的那一刻，选择继续延续梦想是一件多么幸福的事情。"

"老师，你……"

"对，我见到你的时候，正是我准备放弃教学的时候，因为我知道自己长期以来的疾病不能让我再站在这个舞台的时候，我想放弃了。但是，有个女孩儿教会我继续，她就叫做琉璃。"

以前，琉璃是个小女孩儿的时候，她是姐姐的观众。后来，琉璃长大了，做了老师，教学的那个小姑娘成了她的观众。再后来，琉璃才知道，原来自己也是自己老师的观众。在这个每个人都想做主角的社会里，其实，观众也一样有着自己的人生和命运。

有梦想真的是一件特别有魅力的事情。哪怕只有一个观众，也要好好地去表演，也一样能够演绎出不一样的人生道路。因为在不断地演绎过程中，我们懂得了如何将自己成为更好的自己，实现更加美好的未来。

■ 微笑面对质疑你的人 （作者：百晓娜）

生活中的每一天都充满了千变万化。人这一生，总要面对不如意、不顺心。只要坚守自己的理想，再大的风浪也阻挡不了我们前进的方向。在质疑面前，永不认输，坚持就是胜利。

萌萌是一位心高气傲的姑娘，拥有富裕的家庭背景。按理来说，萌萌的人生应该朝着顺利无忧的方向发展，然而现实却非如此。

高中时期的萌萌，就是别人眼中的肤白貌美大长腿。

那个年代，别人羡慕的在她身上都实现了。关键是这样的萌萌，学习上也是一个努力的好孩子。

那一年高考，她考上了大专，父母想着女孩子考个大专就行了。但是，她把通知书当着父母的面撕碎了，咬着牙下定决心，一定要考上本科。于是，萌萌头也不回地走进了校门，开始了枯燥的复读之路。

高考落榜的莘莘学子不在少数，整个复读班里，水平参差不齐。有成绩极差，想要再试试的；有考上本科，学校不理想，重来一遍的；也有被父母逼着重新坐到教室，试图改变人生的。

萌萌就是在这样的环境下，走进了复读的班级。那个充满了竞争的环境里，那个人人都拼命的班级内。

良好的家境与优秀的自身条件并没有给萌萌带来任何帮助。即便是复读班也是有门槛限制的，萌萌的基础成绩略微偏低，家里帮忙托了关系才进了这个含金量高的班级。即便是进了班级，可这一年的造化也全在个人身上。

第一次模拟考试结束，老师把成绩单打印出来，放在了教室内。这样极端的方式还是第一次被学生遇到。于是，一个星期内，每一位同学都看到了大家的水平能力。萌萌也从进班的后十名进步了十个名次。

看着排名，萌萌虽然表面上没有表现出来，但还是因为有些超出她的预期而窃喜。晚自习的时候，同桌小声地跟她聊天，两个人互相交流了一下考试的内容，做题的思维，以及看到成绩后的心理感受。

萌萌说，下一次，她一定会再前进一些。

原本以为只是简单的一场同学讨论，然而萌萌说完自己对这次考试的看法后，竟然捕捉到了同桌脸上的鄙夷之情，那一瞬间，她以为自己看错了，问道："你刚刚说什么？"

萌萌的同桌翻了个白眼，说了句："你对自己还挺有信心。你也不看看咱们班坐在十排以内的都是什么档位的同学。就你的水平，这个排名算不错的了。"听完同桌的一番话，萌萌内心的怒火燃烧了起来，整个人有一种被雷劈了的感觉。

没想到，与她朝夕相处两个月的同桌，竟然对她说出了这样一番话。她以为大家同是高四复读生，相逢何必再相杀呢？却不曾想，现实就是如此残忍，一分之差就足以毁掉一段友谊。萌萌看到自己的资料书还在同桌的胳膊下压着，她收起脸上的笑容，抽出同桌胳膊下的资料书，放到了自己的书堆上。

很多时候，我们面对生活中发生的意外事件总是无法把控。纯真的学生时代，萌萌把心思全部用在了学习上。让她伤心难过的是，她的努力就算别人看不到，至少同桌也是看得到的。她的成绩虽然不靠前，但她一丝一毫也没有懈怠过。

可现在面对质疑她的同桌，她只给自己十分钟的时间缓和自己的情绪和心情。十分钟后，拿出卷子，继续算题。

模拟考试结束后，萌萌找到老师，希望能够换个座位。老师看了看成绩单，同意了她的请求。古时有"孟母三迁"，而今也不例外。萌萌没有提过原同桌的事情，但她变得比以前更加努力了。从前不敢咨询老师解答问题，现在遇到疑难问题，会及时寻求老师的帮助。

第二次模拟考试来临时，萌萌坐在考场内，心态平稳地写着答案。虽然这个班上有太多质疑她的人，但是没关系。努力是给自己的，不是给别人看的。这个世界上，每一个人都会质疑你，又有什么关系呢，我们唯一能做的就是做好自己，让自己无愧于自己。

这一次成绩出来的时候，萌萌的进步突飞猛进。就连排名靠前的那些同学们都震惊了，更别提班主任的诧异程度了。当初那个嘲讽萌萌的同桌，惭愧得不敢看萌萌的双眼。

从来没有一件容易的事，也从来没有一件困难的事。高考这个负载量超高的存在，对每一个人的质疑都没有消失过。而高考又让所有人直面质疑，抗击质疑，努力成为微笑面对质疑的人。

但生活给予萌萌的考验，并未就此结束。

每一个复习班的同学，暗地里都在较着劲。谁都希望别人不如自己，谁都希望把别人压在脚下。夜晚的自习下课后，教室里早走的人越来越少。时间对他们而言就是分数，但萌萌有个良好的习惯，她很少熬夜，所以她依然是早走的那一位。

因为她的离开，同学们对她的流言蜚语渐渐多了起来。有人说她依靠家里的关系买通了老师；有人说她依靠自己的美貌，在考场上抄袭别人的答案；也有人说她提前看到了卷子，把考题都提前背会了。

看着黑板上所剩无几的倒计时，听着同学们窃窃私语的挖苦与嘲讽，萌萌第一次情绪失控，晚自习一个人跑到操场上，哭了很久。这一切正应了那句话：没有人欣赏你的努力，也没有人同情你的遭遇，更没有人站在你身边安慰你。

这是一条孤独寂寞的挣扎之路，到底该选择如何面对，成为了这个阶段的首要问题。萌萌坐在操场中间，抬头望着天空中的点点星辰，一颗流星快速划过，毫秒之间不见了踪影。那一刻，她突然悟到，那颗消失的流星就好像一个人的一生。

若是将时光放大，一生很短暂，就像那颗流星瞬间就结束了。这么短暂的一生，我们必将遭遇各种各样的质疑，如果每一次质疑的产生，都无法化解，无法面对，那将是多么痛苦的一生呢？

想通了这个问题，萌萌重拾信心。从今往后，不管别人说什么，不管别人拿什么眼光去看她，她将不会在意，复读的时光是一辈子都不可能忘记的奋斗之路。只要她在这条路上闯出了自己的天地，且看谁将是笑到最后的那一个。

摒弃了心中的杂念乱想，萌萌开始了自己的逆袭之路。为了实现自己的目标，她牺牲了长久培养出来不熬夜的习惯，成为了每一天晚上教室里最后一名离开的学生。

如此状态的萌萌，不仅影响了身边的同学，就连班级前十名都开始害怕她的气场。最后一次模拟考试，萌萌的目标不再是同班同学之间的竞争，她关注了复读班成绩最优异的校级排名，并且时刻关注着自己的成绩距离目标大学的差异。

皇天不负有心人，那一年高考结束后，萌萌成为了全校最成功的逆袭成员。曾经那些嘲笑她，挖苦她，质疑她的人，在得知这个消息后，全都充满了愧疚，充满了歉意。

　　填报志愿的那一天，当萌萌的身影出现在门口时，原本闹哄哄的教室一下子就安静了下来，萌萌在同学们的注视下，走到了自己的座位旁边。她刚坐下来，那位曾经令她伤心难过的同桌走了过来，脸色微红地看着萌萌，嘴唇微微抽动了几下，却还是没有开口。

　　萌萌从座位上站起来，拍了拍对方的肩膀，温暖的笑容挂在脸庞，说道："恭喜你，考上了你梦想中的大学。"

　　听到萌萌的称赞，那位同学的脸更红了，眼圈也微微泛红。她咬了咬唇瓣，终于鼓起勇气，说道："萌萌，对不起。当初的我幼稚可笑，因为羡慕你，嫉妒你，没有顾虑你的心里感受，说了些伤人的话。其实，你搬走之后，我每一天都很痛苦。我总是想找机会亲自给你道歉，可每次看到你那么努力认真的样子，我就不敢去打扰你。"

　　"没关系的，都过去了，往事都不要提了。我们都要开始新的生活，去融入新的环境。希望我们的人生都将充满微笑，不要放弃自己的信念，原谅所有的人和事。"

那天，不仅曾经的同桌亲自承认了自己的错误，与萌萌和解，曾经那些嘲讽、挖苦、质疑她的同学，也纷纷跟她修复同学情谊。

虽然萌萌明白，高考结束后，大家都不再抱着竞争的心态看待别人，虽然她也从来没有想过，那些事到底该以什么方式结束。但看着高考后，同学们脸上终于轻松下来的状态，她想，未必每一个人都可以强大，但面对过往的种种，她选择了最善良的方式。

当你面对质疑，当你面对嘲讽，当你面对挖苦，时光不会替你掩埋，青春不会帮你化解。我们可以选择极端的方式处理，也可以选择平静的心态面对。

希望每一个人在未来的成长之路上，都能够选择积极的方式对待。对曾经质疑你的人和事，拼尽努力改变，当达到目标，回望时光，微笑才是你最厉害的"报复"！

■ 不怕蔑视，坚持梦想（作者：果登儿）

我们总是会羡慕有梦想的人，因为他们总是在别人不看好的时候，认真地勇往直前。尽管他们常常遭遇失败和蔑视，但那股从不退缩的韧劲，却让他们在人群中变得与众不同，甚至异常耀眼。

大猫从小就不是别人眼中的好孩子。

上幼儿园时，她会穿着新买的雨鞋欢快地走在水洼里，直到把鞋子弄得面目全非。父母骂她，她还会一直咯咯地笑。上初中的时候，别的同学都坐校车，只有她一个人骑着自行车，满头大汗地从家里奔到学校，很多人包括她的父母都不理解她为什么要这样做，她也没有做过多的解释。其实她自己也不知道为什么要这样，只是觉得喜欢。很多人都说她是一个特立独行的女孩子，她却说，她不过是遵从自己的内心罢了。

高中的时候，大猫选择了走艺术这条路。很多老师都劝大猫放弃，因为在那所有悠久历史的重点高中里，只有成绩差的同学才会走艺术生这条路。当时老师叫她的父母来做大猫的工作。

大猫说："为什么艺术生就这么受歧视呢？为什么艺术生就不能成绩好呢？你们觉得可能我的成绩会因此滑坡，但是我觉得我是在选择一条正确的道路，希望学校不会因为升学率而断送一个学生的未来。"她的这番话让老师很尴尬，但是也为自己争取到了进入艺术班学习的机会。

说实话，大猫所在的班级确实有很多不好好学习的学生，他们要么是对大学没有太多的期望，要么是家里早早给安排好了出路，能够和大猫一样，有同样想法的同学很少，不过就是这几个人成了大猫这么多年来一直相互支持的挚友。

学校里的教学资源是有所偏重的，好的老师会配备在成绩较好的班级，艺术班里一般配备的是年度考核中排名靠后的老师，这些老师心里本来就不服气，所以也不会好好地上课。当然，也有很多学生，因为老师的态度而越发地放松学业。

不过大猫学得倒很起劲，自习课的时候她会要求老师给她讲解问题，甚至还会从其他班的同学那里借来自己没有见过的试卷。

两年下来，大猫的成绩一直在学校前 20 名，老师都觉得她读艺术是一个遗憾，但是又被她的努力感动，希望她有一个好的结果。

高三的时候大猫进入艺术集训。艺术集训对于很多学生来说，就是一个可以放松的机会，不再拘泥于校园环境，没有老师的管束，很多同学在这个时间段都出去上网，甚至学会了抽烟喝酒，谈了几段自以为年少轻狂的恋爱。

然而，大猫却是画室里最早到最晚走的人，每一次作业都非常仔细，尤其是她的素描作品，基本上都能成为范本。

那时候的她，简直就是同学心目中神一般存在的人物，不仅成绩好，而且美术功底超牛。

除此之外，她还总是酷酷地独来独往，不和其他同学聚堆。简直就是具有独特抑郁气质的大家。

其实大猫真没想过自己会迷倒万千的高中生，她只不过是太忙了，每天把大部分的时间都消耗在了画室里，只能趁着大家娱乐的时间去学习，当然不会有大量的空闲时间和同学们在一起。不过既然有人崇拜她，而且这种感觉也不错，那她就好好享受一下了。

学校的集训过后，大猫又一个人去了北京，在央美附近找了画室练习。当时大猫的妈妈不放心她一个人去，于是想跟着过去陪读，但是被大猫拒绝了，弄得父母二人天天在家担心。

在北京的日子其实挺苦的，可是回忆总是充满了戏剧和甜蜜。那时候，有很多个和她一样孤注一掷追求梦想的人，他们把央美作为唯一的目标。

也有很多艺术大牛，他们不同于大猫，而是已经有了十多年的绘画基础，他们的每一篇素描都条理分明，线条没有丝毫凌乱。甚至有个小姑娘的静物写生，已经到了以假乱真的地步，就连鸟上的毛发都清晰可见。

大猫看到之后，惊叹不已，她觉得这就是自己想要的。如果将来真能够和这些人做上同学，肯定会是一件非常美好的事情。

他们这几个人都在不同的画室，平时时间很紧张，基本上都是在网上交流，但每周都会在一家麻辣烫店聚会。拥挤的人群，几个背着画板的年轻男女，那样的画面，想想就觉得非常唯美。

即使现在，大猫工作累了也会去学校附近找一家麻辣烫店，一边吃一边看着过来练习的学生。他们和当年的自己一样，对未来非常笃定，把时间都压在了画画上。虽然未来不一定是慈祥和宽容的，但那一刻真的很美好。

和这群追求梦想的年轻人们分别的那天，正好是大猫十八岁的生日，为了庆祝成人，她第一次喝了啤酒。然后一行人各自离开。当时的场面非常寂寞，很多人都流下了不舍的泪水。现在想来，也是颇为好笑，因为年轻的时候，总是会放大离别的痛苦。如今，他们已经有些成了同学，有些即使没能在一起，也会经常联系。

回到学校之后，老师和同学们看到干干瘦瘦的大猫，都觉得她一定付出了很多，但是也有很多人觉得她落下这么多功课，文化成绩一定很受影响。事实证明这是对的，她回学校之后的第一次考试，就取得了有史以来最糟糕的成绩，竟然连校榜前 50 名都没有进。

一边是美术联考，一边是文化成绩的提升，大猫觉得自己进入了黑暗的世界，每天周而复始地过度付出，几乎没有见过白天的世界，偶尔放学见到一次太阳都会觉得世界太过美好。然而皇天不负苦心人，在漫长的等待后，她终于收到了央美艺术成绩合格的通知，从此开始全身心扑在文化成绩上。

大猫妈妈说，即使自己的女儿考不上央美，她在自己心中仍然是最棒的。因为这三年来，她看到了女儿为梦想拼命努力的样子，看到她能够为自己的未来规划，清晰地知道自己想走什么样的路，并且能够为此拒绝其他诱惑付出全部，严格地约束自己，俨然是一个成熟的女生能够做出的选择。所以说，她知道自己的女儿未来不会太差。

上了大学的大猫也没有就此放松下来，要么是泡在图书馆，要么就去各个美术馆去看展，同学们都说她像一个乖学生，肯定是中学时没有被老师虐待过，所以才来大学里找平衡。当她听到之后，也只是一笑而过，并没有多做解释。

大学里大猫最喜欢的事情就是去不同的地方写生，因为家庭的原因，她喜欢到处走走，现在能够把看过的风景变成笔下的作品，大猫觉得这是最幸福不过的事了。

　　大学毕业的时候，大猫没有像其他同学一样着急工作，而是跟着导师继续读研，在学习的道路上深造。很多人认为她会走学术路线一直上学，然后在学校里做个老师去传授知识，将来再找一个不错的老公，一直安稳地生活下去。

　　然而从小和大猫一起长大的我们这些朋友都觉得，像大猫这样有自己想法的人，不可能活得这么中规中矩。习惯了她的不按常理出牌，总觉得她会做出一些我们做不到的事情。

　　大猫又再一次成功地验证了我们直觉的正确性。研究生毕业后，她拒绝了老师保送博士的要求。在798——一个艺术人聚集的地方，开了一家工艺品店，专门卖自己烧制的玻璃工艺品。

　　开始的时候她并没有太多的生意，但是她的工艺品造型非常精美，慢慢地有旅游的人会带走几件，小店的生意已经能够维持她的生存了，再加上画画的收入，渐渐地，她成了我们圈子里最早实现财务自由的那个人。

　　其实，特立独行并不是单纯的标新立异和为了不同而不同，而是为了自己的目标而有所取舍，并能够承担由此带来的幸福和遗憾。这才是一个成熟的人，拥有对自己负责的态度。

■ 感谢曾经的取笑（作者：李洁珊）

励志故事里，一文不名的穷小子畅谈梦想总会被人质疑。放弃，或许是"明智"的选择，但倔强的人却选择坚持，并以非凡的才华给曾经质疑过的人一个惊艳的回应。

在许多人看来，主角逆袭的情节多是杜撰出来骗人的，毕竟这世上拥有改变自己命运能力的人并不多见。然而，当王敏靠着他的软件公司，成为 A 市里最具传奇性的榜样时，朋友们对童话的希冀竟在瞬间重新燃起。

在好朋友的印象里，王敏除了是一个活跃的同学，还是一个很好学的师弟。虽然他的专业属于理科，但好学的王敏却对属于工科的计算机软件充满爱好。

大学的时候，每当看到有趣的软件，王敏便会爱不释手。乍暖还寒的春天里，王敏躲在沙发上认真地翻阅着刻录着代码的 CD，安静地欣赏着这些智慧的载体，一声不吭，细细琢磨。

在很多人的眼里，程序是密密麻麻的代码，里头蕴含着的是反复的操作和智能的响应，然而，在程序员的眼里，那些看起来眼花缭乱的字母和符号却是充满智慧的诗句，尽管它们读起来并不总是朗朗上口，但它们最终表达的却是设计者的思路与灵感。

通过一遍遍解读程序逻辑，王敏发现了代码中存在的不足和缺陷，半年后，王敏在一次软件的发布会上，听到了市面上加密软件紧缺的消息。想到这是个不错的机会，王敏便开始自己研发程序，着手书写了属于他自己的加密软件。

因为不是科班出身，王敏的第一个加密软件的内核写得非常艰难。尽管他花了大量心血，但成品的效果还是不够理想。

加上没有成品运营经验，王敏的第一个软件不要说推向市场了，才在学校里演示了一遍，就遭到了同学们的嘲笑。

同专业的同学认为王敏"不务正业"，计算机学院的人更觉得半路出家的王敏完全是班门弄斧。

原本定好的"发布会"在众人的哄笑中结束，人潮散去，王敏呆呆站在显示器旁，神情落寞，眼神里的光却并未熄灭。

打击肯定让人难受，退缩或许是本能，但王敏不信邪，满脑子想的都是代码里的漏洞，丝毫没有多余的时间自怨自艾。

没有老师，王敏只能自己想办法。图书馆里 IT 丛书早被他翻烂了，还是不懂，他就守在计算机学院门口，等教授们下班，逐字逐句地请教他们笔记本上的问题。

在教授眼里，这个"门外汉"的态度竟然比自己的学生还要认真，解答之余，他们纷纷投来赞赏的目光，有人甚至给他推荐了对加密软件同样感兴趣的学生林佳作为拍档，希望两个年轻人能一起碰撞出不一样的火花。

有了专业人士的指点，王敏程序里的漏洞很快就被解决，合作伙伴专门设计的 UI 界面也让整个软件看上去成熟、正式了许多。

第二次"发布会"，王敏把地点选在了饭堂门口。

这里的人来人往给王敏的演示带来了不小的干扰，但王敏对新升级的软件充满信心，认为只有在嘈杂环境下能被别人接受的优点才最有价值。

果然，饭点一到，王敏的声音被淹没在喧闹中。但就是这样"不正式"的环境下，王敏如预料的一样，成功地将加密软件"轻便、高效"的两大理念传递给了围观的同学们，并卖出了第一批软件授权码，成功实现了自属软件产品的"市场化"。

那一夜，王敏是激动的，林佳同样感到兴奋。深夜，屋外一片安静，但辗转难眠的兄弟俩，已然倚在窗边你一言我一句地"侃大山"。

他们说，一定要写出所有机器都在用的软件，他们梦想着未来有一天能拥有一家属于中国人自己的软件公司。这样的话语，若是在其他人听来或许有"夸海口"的嫌疑，但只有王敏知道，他的梦想之花正在自己的指缝间悄然萌发。

7月份，毕业季的炎热笼罩了整个校园。出身名校，身边的同学无一例外地找到了稳定的工作，但王敏和林佳却带着彼此对梦想的承诺，在一间不起眼的出租屋里，开始了他们的创业之旅。

刚创业的小公司并没有稳定的客户，遇上了订单，他们就会连续几天加班加点地编写程序代码。有时，为了尽快恢复体力和精神，他们就在办公室的沙发上小憩一会儿，醒来，他们困顿的精神又被梦想冲击得荡然无存。

日夜兼程地奋斗后，王敏和林佳终于拿到了人生中第一份源自软件编写工作的工资。尽管一千多的收入在同班同学中排名垫底，但无论如何，这却是他们两人挖到的第一桶金，也是他们兑现梦想时迈出的第一步。

这些经历和长进，在激励王敏和林佳继续前进的同时，也为第二款软件的编写提供了良好的思维基础和技术保障。

为了让之前的加密软件更加完善，王敏经过深思熟虑后，决定在它的特性中加入了"病毒免疫"的功能，也就是说，如果这个加密软件不小心感染了病毒，那么它的免疫系统可以自动清除程序上的病毒。

这样的功能听上去十分简单，但因为杀毒软件的程序主体和加密软件的整体不是同个类型的，所以王敏不得不重新编写原有的程序，并再次调试，以此实现免疫功能和加密软件更良好的融合。

软件开发完成后，王敏和林佳开始了他们的第二轮销售工作。有了上一套的销售经验，王敏在软件定价上显然比上一次更合理。试用软件的用户觉得王敏这套改进后的加密软件效果不错，价格也合理，纷纷给他的软件做出了"优秀"的评价。

于是，自带免疫功能的加密软件成了王敏和林佳的成名作，程序一经推广，订单如雪片一样纷至沓来，邀请他上门讲课的企业和单位也越来越多。

如果是现在，王敏肯定能游刃有余地在众人面前讲述自己的产品，但刚出校门的他，却因为太紧张，而把15 分钟的讲稿"浓缩"成 2 分钟，搞得整个会场气氛尴尬，不知道是该结束，还是该继续下去。

好在，这一回，王敏听到的不是嘲讽的声音，而是善意的笑声和掌声。王敏忽然间对自己当年的坚持感到庆幸。因为，如果不是当初的坚持，他的理想恐怕早就化作尘土，而他也不可能在这样的掌声里感慨万千、泪流满面。

正如当初他说的那样，励志故事里，一文不名的穷小子畅谈梦想总会被人质疑。放弃，或许是"明智"的选择，但倔强的人却会选择坚持，因为只有这样，他才能用非凡的才华给曾经质疑过的人一个惊艳的回应。

王敏因为这款软件在业界"小有名气"，但他却并没有因此停下脚步，而是将目光瞄准到未来，将加密软件与U盘结合在一起，开发了一整套兼顾了加密、杀毒和认证功能的U盾软件。

很多年后，功成名就的王敏回想起今天的成绩总是感慨万千。王敏用回忆的视角回望那段即将走出校门的经历，曾经青涩的理想和尚未能铺开的视野是叱咤风云时的他无法想象的，然而，生命在不断向前，挫折与磨砺却必不可少，正是这些不完美成就了王敏的青春与成长，也成就了属于他自己的坚忍不拔与勇往无前。

第二章 ○

每个人，都是生命的奇迹 ●

只有懂得尊重自己，欣赏自己的人，才能真正
活出精彩的人生，才能成为令人赞叹又羡慕的那个
人。每个人都是生命的奇迹，都是最特别的个体，
千万不要为了取悦别人，而委屈自己。

■ 尊重真实的内心，活出自我（作者：温小舟）

人只活这一世，如果连自己都无法尊重自己，那么
又怎么过好这一生呢？一个真正勇敢的人，是勇于服从

于自己内心真实的感觉，为你心里住的那个小孩，披荆斩棘，孤勇奋战。

过新年的时候，小米突然冒出烫个卷发的想法，当她把这个想法和家里人说的时候，却遭到强烈反对。

爸爸说："烫什么卷发，那些都是坏女孩干的事情。"

妈妈说："你现在的头发多好，乌黑乌黑，笔直笔直的。"

"烫发＝坏女孩"，小米无法说服家长，这样的观念其实是不对的，她也无法说明自己其实很想摆脱"黑长直"这种形象的这种念头。这是她那身为校长和教导主任的父母所不能理解的。

他们的职业，决定了他们一些很老旧的理念，他们的个性，又是强势和固执的，这让小米长期以来都按照他们的意愿塑造着自己。

他们需要的小米，是个乖乖女，按照他们的意愿和安排走好人生的每一步，就像她的万年"黑长直"发型一样，不出错，不肆意发挥。

而小米一直以来，也一直顺从着他们，她的柜子里大多是黑灰白三种颜色的衣服，没有超短裙，更没有热裤，就连近年流行的破洞牛仔裤，也被父母视为歪风邪气的禁忌。

小米就这样在"这是不行的""那是不可以的"诸多教条里过了许多年。她从小到大，没有谈过恋爱，因为父母不许；她没有出国旅行过，因为父母担心不安全；她没有做过出格的事情，因为在父母眼里，那是离经叛道。

小米的性格就是这样的，她并不是主导型的人，但凡有活动，她总是响应的分子，而不是积极发起的角色；即使参加活动，她的话语权也不大，几乎都是朋友们来决定"今天吃什么"，而她几乎都是回答"我都可以"；在人群中，她永远挑角落的位子坐，低眉浅笑，不出风头；微信群里，她从不是第一个开启话题的人。她这样的存在，这么多年，让她感觉到一丝习惯，仿佛只有这样的方式，才是她的心理舒适区。

这一天，朋友们决定去看电影，有人在微信群里发起了关于看哪部电影的讨论。

朋友甲说："我想看《西游伏魔篇》，有林更新、吴亦凡，养眼。"

朋友乙说："我想看《功夫瑜伽》，成龙大哥的牌子，值得信赖。"

朋友丙说："我想看《大闹天竺》，王宝强主演的，肯定很搞笑。小米，你呢，你想看哪一部？"

小米说："我想看《乘风破浪》，我看了简介，觉得故事性比较强，应该比较好看。"

朋友甲说："哎，这种文艺片，没意思的。"

朋友乙说："是啊。"

朋友丙说："对啊，大过年的，看点开心的。"

于是小米只得回复："好吧，你们决定就好，我都可以。"

朋友们经过一番激烈讨论，最终决定看《西游伏魔篇》，而她们也只是象征性地问了一下小米意见，小米如常说好。

这样的事情，小米已经习惯了，她习惯做"我都可以"的小米，以至于忘记去听自己内心那个最真实的声音。

有时周末，她已经给自己计划好，在家里躺一天，看看书晒晒太阳，但是临时收到聚会邀请，她也得赴约。因为一旦她拒绝，小姐妹们就会说"是不是朋友呀"这样的话语，然后小米也就不好意思拒绝了。

这么多年，小米随和得像一株温柔的蒲公英。但小米其实还是有自己内心坚持的内核在的，只是她自己都没有发现。直到有一次，朋友们讨论起国庆旅游的计划，几乎人人都说想去云南，姐妹们想去走访大理吃云南的水果，然后去丽江民宿小住三五天。

但是小米却不一样，她格外向往西北，想去见识一下大漠风光。她在群里弱弱地发了一句"不如我们去西北走走吧"，却遭到了无视，大家依旧一句接一句热烈地聊着云南行的攻略，诸如"我们先去大理，然后再去丽江"，"我要住×××民宿"，"我要吃云南的过桥米线"这样的言论。

小米的想法让她觉得自己有点突兀，但她真的很想去西北看看，于是，鼓起勇气又在群里强调了一遍："我想去西北。"

这下终于有人回应她了，小茜说："西北太荒凉了，有点危险吧。"

小美说："西北太干了，对皮肤不好，回来得买多少瓶神仙水补呢。"

小凤说："云南多好玩，西北除了一堆沙子能玩什么？"

小米便在群里安静了，没有再回复。

大家以为小米会就此作罢，但是预定机票时，小米却说自己不和大家去云南了。

这让大家有一些意外，小米第一次拒绝集体活动。

在云南的旅途中，朋友们看见小米在朋友圈发出西北沙漠的照片，照片里小米骑在骆驼高高的背上，围着红色的丝巾，丝巾随着风飘扬，她的背后是一片广袤的沙漠，一直蔓延着直到天边，天上晴空万里，蓝得发亮。

小米对着镜头笑得十分阳光开朗，像变了一个人一样。

小茜有些讶异："小米居然推了我们的集体活动，一个人去西北。"

小美看着照片里美美的小米说："晒是晒了点，可小米这照片拍起来怎么那么好看呀！"

小凤也被西北风光吸引了："看起来，西北也不错，虽然只是一堆沙子，但也是很壮阔的。"

大家相视一眼："早知道和小米一起去西北了。"

小米回来时，给大伙带了西北的特产：风干牛肉。大家吃了更是向往起大西北了。

她们问小米："你是一个人去的吗？"

小米说："我报了个团，给自己来一场说走就走的旅行。"

从那场说走就走的旅行开始，小米开始体会到尊重自己内心的快乐，对于周遭的人，不盲从，敢于说不，敢于独立，也许就能塑造一个新自我，体会到一番人生新滋味。

我相信周围的人，见到你的转变之后，也会懂得尊重你的。

即使他们刚开始不理解，在经过良性沟通后，也会对你取得理解的。

有一天小米烫了卷发回到家，初时，父母见到很不理解，十分动怒。后来小米把自己的一些同事工作时的照片给他们看，照片里，同事们也有烫着卷发染了头发的，但是她们工作时仍是严肃认真的神情。

小米说："妈，我已经长大了，知道事情的分寸。现在年轻人烫头发很多，但不一定就代表她们不是好青年。"

父母见到照片，思想开始有了点转变，也慢慢接受了新的认知：好女孩也是可以烫头发的。

小米原本是从来不会去质疑父母的，这是她第一次做了父母认知范畴外的事情。但小米和父母经过良性沟通后，也取得了理解，因此做了自己想做的尝试。

在这件事情后，父母逐渐给予小米更多的支持。男大当婚女大当嫁，不久后，小米在父母朋友的拉线下，和当地一家企业的一名中层干部小张谈起了恋爱。小张工作上是十分优秀的，业务能力在公司里也比较强。家人对他甚是满意，但小米在和他的相处过程中，逐渐感觉到两人三观有很多不统一的地方。

比如一次吃饭，他们讨论起了婚内出轨这个社会热点，小米表达了自己的看法："出轨的男人真是太渣太没责任心了，丝毫不体贴妻子为他生儿育女打理家务，还不懂知足和珍惜，把婚外关系当成甜点一样，实在太可恨了。"

不料，小张竟然说出这番话："男人能处处留情，这是男人有本事，要怪只能怪身为妻子的没本事，拴不住男人的心。"

听到这番言论，小米突然觉得小张简直和那些出轨的"渣男"一样恶心，让人倒胃口。

回去以后，小米思考了一番，决定和小张分手。她不能和这样的人同床共枕，相伴余生，她深知，小张绝不是个良人。

她尊重自己内心的声音，她不想为了结婚而结婚，于是她做了分手这个决定。

当她告诉父母时，毫不意外地遭到了父母的强烈反对。

爸爸说："孩子，咱不要挑了，他有车有房，能力出众，这样的条件，在别人眼里，都是香饽饽的。"

于是，小米把小张的"渣言论"告诉父母："爸妈，能说出这种话的人，这说明他的本质是有问题的，显然他是个很没责任心的人，你们怎么放心把自己的女儿的一生交给这样的人？"

父母听完，深思了良久，虽说他们有些固执，但却不是不明事理的人，若是为了世人的眼光，把女儿交给这样的人，他们其实也不放心。

母亲与她彻夜长谈："女儿，你做的是对的，人这一辈子，陪伴自己最长的始终是自己，要听从自己内心的声音，做对决定走对路，才不会有遗憾。父母以前一直管着你，只是看你性格太过内向软弱，怕你因此走了歪路，但现在你长大了，也逐渐让我们看到你的独立与自尊，我们也放心放手让你自己走自己的路了。"

小米听完含泪，明白了父母的苦心，她也牢牢记住母亲的这番话，在日后的行事中，开始学会遵从内心那个自己。

生活在这个社会中，我们难免遇到许多外力的束缚，这些束缚，或许来自父母、来自朋友、来自伴侣，甚至于来自整个社会固有的价值体系，而面对这些，我们常常选择屈从，或者因此迷失。

然而人生真的只有一次，迎合别人，不如迎合自己；服从他人，首先要服从你自己真实的内心。

这世上已有无数别人，却只有一个你自己，你丢弃了自己，还有谁帮你找寻？也许有一天你会发现，只有勇敢做自己，尊重自己真实的内心的人，才能到达生活的彼岸，寻找到生命的真谛。

■ 特立独行，也是一种人生（作者：张馨元）

在人生的旅途中会有很多条路，走着走着，同行的人越来越少，回头一看只剩下自己。或许不理解你的人越来越多，质疑的声音也越来越大，你感到孤独，感到迷茫，但不要惧怕，因为特立独行，也是一种人生。

阿北是我认识的朋友当中最独特的一个，可说起和她的相识，其实我的内心是有些惭愧的。

阿北高二那年从外地转到我们班，那时她穿着黑色背心和破洞牛仔裤，耳骨上面打了六个耳洞，活脱脱一个"不良少女"的模样，加之那时候所有人都有了自己的小团体，久而久之，阿北就被孤立了。群体效应下，我也不例外，尽管老师安排了我们做同桌，我还是刻意和她保持着"安全距离"。

可是阿北好像并不在意这些，每天上课总是趁老师不在的时候就拿出素描纸开始涂涂画画，有一次她画得入神，我在旁边也窥得入神，那一句"真好看"就情不自禁地从我的喉咙里蹦出来。直到阿北停下笔看向我，我才反应过来。

"你喜欢？那送你好了。"

"不用了，这怎么好意思。"

"拿着，它在能欣赏它的人手中就是有价值的。"

我一边道谢一边红着脸接过来，也就是从这时候开始，我俩才渐渐熟络了起来。

后来我渐渐得知，阿北的父母都是物理方面的专家，家庭条件优渥，她的母亲希望她能够好好学习，将来和她们一样成为一个优秀的物理学研究者。可是她却唯独喜欢绘画，对艺术创作有着非凡的热情和天分，可是阿北的父母得知后不但不支持，还扔掉了阿北用零用钱买来的所有绘画工具，企图把她捆绑在那些密密麻麻的方程式上面。

在阿北的父母眼里，艺术创作就是"不务正业"，是没有前途的，所以她们要把阿北的梦想扼杀在摇篮里。看着那些被掰断的画笔和被撕碎的纸张，阿北难过极了，她觉得被撕碎的不仅是画纸，还有她满腔的热血和斑驳的梦。

父母的做法非但没有起到他们预期的效果，反倒起了反作用，十六七岁的年纪，正是叛逆的时候，阿北剪了长发，打了耳洞，开始一次又一次地逃课去看画展，没有钱买画笔和颜料，就在周末和傍晚打着去图书馆学习的名义到大街上发传单，在课上看宫崎骏、高桥留美子、岸本齐史的漫画，被发现后没收画本，一次又一次被罚到教室外面站着上课，直到学校忍无可忍地把她开除，她才来到了我所在的中学。

"那个时候的我好像在跟全世界为敌。"阿北说，即使是这样，她也没有觉得委屈或者想放弃，因为每个人都有自己喜欢和想要坚持的东西，她无法改变别人的想法，但是她很庆幸自己并没有被别人所影响，所改变，这就够了。

那时候我不禁思考，每个人都有自己的梦，可是追梦的道路并非一帆风顺，区别就在于，有的人向命运和现实妥协了，而有的人却在摔倒后爬起来不动声色地搬开那块令她头破血流的石头，然后默默地继续往前走。

后来高考过后，我和阿北好几年不再联系，直到一次同学聚会上才和阿北重逢，一别数年，我对她的印象还停留在高中时期，如果不是她主动过来和我打招呼，我简直要认不出她。

她还是一头乌黑的短头发，脸上化了精致的妆，黑色的吊带裙价值不菲，左手小臂上文了一朵含苞待放的玫瑰，她的眼神一如既往的明亮和飞扬，只是眉眼间多了一丝稳重和气定神闲。

阿北告诉我，高考的时候她背着父母偷偷改了志愿，去了一所名不见经传的美术学院，她的父亲得知后，这位一向待人接物彬彬有礼的物理学专家，气得拎起笤帚把她打出了家门。

阿北在冰冷的楼道里坐了一夜，但是她不后悔，其实那段时间她很痛苦，她不愿意让父母生气，可是也不愿意委屈自己向梦想妥协，所以硬是一个人咬牙撑了过来。

和家里闹翻，开始了长期的拉锯战，父母不再给她提供资金来源。没有学费，她跑去向姨妈家借了学费，打了欠条；没有生活费，她就跑去在大街上支起板子现场作画赚钱。

开始的时候很苦，一张画只卖十块钱，有的时候甚至吃不上饭，学校里的人都很势利，在放飞自我的年纪，没有人愿意跟她这个穷困潦倒的人做朋友。

她也曾饿着肚子在深夜独自走在大街上失声痛哭，想问问上天自己为什么要受这份苦，想打电话给父母寻求她们的谅解，可是她忍住了，她明白这都是一意孤行的代价，同时也告诉自己，不要慌，不要怕，熬过这段时期，一切都会好起来的。罢了，看看被颜料染得五颜六色的手，狠狠擦掉眼泪继续往前走。

"我既然选择了这条路，不管别人怎么看我，怎么对待我，都一定要好好走下去。"阿北笑着点了根烟继续说。

后来阿北在街上作画时遇到一个带着孩子玩耍的女文身师，她想起了自己许久未联系的母亲，一时兴起，画了一个 Q 版的母女图免费赠给她们。

文身师惊叹于她的画技，主动与她攀谈起来，说她的功底不错，问她要不要去她的店里做学徒，不收学费，管一日三餐，只是学成后要免费在她的店里工作三个月。

这是阿北自己从未想到过的一个契机，起初入行只是因为她捉襟见肘、走投无路，没想到成为了她梦想中的一块跳板。

也许上苍就是这样俏皮又公平，暗示天下有心人，努力终会得到回报。

因为绘画功底极好，又赋有设计天分，阿北在文身店学得顺风顺水，学成三个月过后，她留下来专门给顾客设计图纸，那些精致美观又极赋创意的图案吸引着人们的眼球，渐渐地有很多人慕名而来。

阿北用赚的钱还清了学费，原本拮据的生活也终于过得宽裕了一些，尽管依旧没有朋友愿意和她同进同出，她的父母也依旧不能够原谅她，但是好在绘画和梦想填补了这一缺失的部分，支撑着她迎接一个又一个崭新的未知的清晨。

毕业之后，阿北靠着大学赚下来的钱开了一家文身店，靠着不俗的艺术创意和精湛的技术在圈子里混得风生水起。

阿北说，她现在不仅开文身店，偶尔还办办小型画展，虽然忙碌，但过得充实，快活。

"你不累吗，你没有想过放弃吗？"听她讲完这些年经历过的事情，我不禁有些疑惑地问出声。

"怎么会？"阿北笑着反问了我一声。

"做真实的你，一切都会没事的，没有比坚持做自己，做自己喜欢的事情更让人充满力量了。"

这个身高一米六的小个子北方女生，说话的时候神采飞扬，谈起对未来的畅想，仿佛要把全世界的美好和浩瀚都装进星眸里去了，那些磨难和荆棘，无数个孤独又无人理解的黑夜，不但没有使她颓靡，反而打磨着她的筋骨，为她想要的人生做了积淀。

我捏着手中阿北塞给我的她的画展的入场券，望着她离去的背影，心中感慨万千。

自己选择的路就要好好走下去，不管这条路有多难走，道路有多坎坷，耳边充斥着多少质疑，不忘初心，一定可以闯出属于自己的一片天地。

等到终于洗尽铅华的那一天，回过头看看自己走过的那些道路，就会发现，每一道坡，每一处惊雷，无一不是上天赏赐的阳光雨露，锻炼着不断强大的身体和内心。阿北用行动告诉了所有质疑和不理解她的人——特立独行，也是一种人生。

■ 奋斗，源自澎湃的理想（作者：于杨）

生活不息，奋斗不止，当你为了自己的理想去努力时，生命便有了不同的意义。我们之所以如此努力，是为了当我们成功时，能够佩服自己是一个与理想共进退的人。

今年夏天，是我和乔冉认识的第三个年头，也是我们在一起奋斗的第三年。相比于刚开始创业，我们已经渐渐熟络了各种行业规则，公司也正在慢慢走向正轨。

看到公司账本上的数目越来越多，每天都能有百万元以上的合同签订，这样的成绩总会让我们想起曾经刚开始创业的日子。

一年前，我和乔冉在一次同事的聚会上认识。当时我们在不同的公司，但因为两家公司有合作，我们又作为带队主管，所以会有一些业务联系。而如今我们拥有自己的公司，也正是因那次聚会后，我和乔冉聊到了彼此的理想，没想到我们竟然有着共同的想法。就这样在私下交流后，我们一度觉得相见恨晚。毕竟在工作上能遇到志同道合的人，实属不易。

"敢不敢辞职一起创业？"我问。

"怎么不敢，有你这个军师，怕什么？"

就这样，我们俩在第二天各自向领导递交了辞呈，走出公司后，便一心投入到创业中。

现在的自己很感谢曾经的那份执着和勇敢，即使白手起家，也毫不畏惧。

拿着仅有的几个月工资，我们租了一间写字楼。而这座房间，便是我们理想开始的地方。

"我相信，几年以后，整座楼层都是我们的。"

是的，我们都坚信着，相信一定会有出头实现理想的日子。

可我们都知道，想要创业，有胆量是远远不够的，对于软件行业了解少之又少的我们，只好分头行动。我帮乔冉报了一个学习班，从头开始学习这方面的知识。每天乔冉都要去上课，而我会料理一些公司的琐事，并询问一些相关企业的成功人士，希望他们能给予我们支持和帮助。虽然总是吃闭门羹，但我还是会厚着脸皮想要学点门路。

有一次，当我从一家软件开发的工作室出来时，刚好碰上了现在我们公司的法律顾问。是一个比我们小几岁的应届毕业生，刚参加完面试的他，听到了我与老板的对话，便主动上前询问。

"请问，你们是自己创业吗？需要律师吗？"

当时的我打量着这个站在我面前，稚气未脱的男孩子，心里想，有胆量。

"我们是自己创业，律师还不需要，你有别的工作经历吗？我们是研究软件的。"

"没关系，我虽然本科学的是律师专业，但我对软件研究这方面很感兴趣，要不我也不会来软件公司面试。希望您可以给我一个机会，让我试一试。"

想着这个小伙子有魄力，学的是法律，的确对于我和乔冉两个法盲来说有帮助，便让他第二天来办公室报到了。

日子一天天地过，在我们的努力下，工作室已经聚集了十几个人的规模。但这还远远不够，因为我们暂时没有资金来源，包括工作室的电脑都是租的，每月除了付房屋租金，还要给同事们发工资，还好大家包容理解，并没有那么多唠叨和抱怨，一直都在拼命地奋斗着。

为了制作属于我们自己的软件，策划人员绞尽脑汁，大家通宵达旦地在公司里加班。为了测试一个软件的使用率，员工们不断地修改方案，编写程序。为了去找合作商，一天里我们可以跑遍一个区，只为了能够和老板协商，希望他可以签下我们的这笔合同。

那时，上市公司的老板们，觉得我们的软件没有保障，而且信誉度几乎为零，会选择放弃提供资金支持。当我和乔冉沮丧着从公司里走出来，蹲在楼下的花坛边啃馒头时，总会想起曾经那些风花雪月的日子，想起曾经我们本都有自己的工作，一个月拿着几千甚至几万的薪水，可以过着逍遥自在的生活。

"乔冉，你后悔吗？"

"不会啊，我们都已经奋斗了一年多，也召集了很多兄弟姐妹同我们一起，为了实现创业的理想努力着，我们一直在路上，并没有停下来，也没有理由停下来。"

我知道，乔冉只是在逞强着，我们都一样，但大家从来不会喊累，也不会在我和乔冉面前说些丧气话。有时我会觉得很惭愧，很对不起大家。但当看到大家都在努力时，我和乔冉会更加干劲十足。

"兄弟们，等我们拿下这笔生意，一定带大家去下馆子，改善一下伙食。"

我们的团队里，有些小姑娘因为选择创业，没有时间去相亲，大部分都是单身，而有些小伙子已经到了结婚生子的年纪，也选择后推自己的婚期。我们一直相信，熬过这几年，一切都会好的。

终于在年前，在大家不懈地努力下，我们拿下了一笔生意。房租有了着落，乔冉也给大家配置了新的电脑，并改善了办公环境，当然我也履行了自己的承诺，在大家回家过年前，请大家一起吃了一次火锅。

那天晚上，不管男女，都喝得酩酊大醉。大家笑着笑着就哭了，那是我第一次见到这些一起奋斗的伙伴们，哭得撕心裂肺。我知道他们很委屈，很难过，但这种难过放在今天，则是夹杂着喜悦的。

这一年，几乎大家都瘦了几十斤，从刚开始的体态丰满，到现在已经不担心别人说自己胖。不管是心理还是身体，都在发生着改变。我们无休止地奋斗，都是源自澎湃的理想，我们忠于自己的创业梦，相信可以实现并愿意相信走这条路是正确的。

刚过完元宵节，大家便回来上班了，对于我们来说，这一年是最关键的一年。因为有了资金支持，大家都在全力以赴地进行软件开发。后来我们又转向了游戏领域，不再做单一产品，可谁知转型没多久，便出现了问题。

刚入夏，便因为版权问题，与供应商进行调解。在用户的使用上也出现了漏洞，网络上的舆论越来越多，我们虽然进行了紧急处理，但有些事还是抵不住，上市失败，商家撤资，意味着这款游戏软件即将下线，同时也就成了垃圾。

因为这里的问题很多，我和乔冉开了商讨会议，并严肃地处置了导致这些问题的负责人。对于我们这种刚起步的公司，一定要有自己的一套规则，这样才可以聚拢人心，并把错误扼杀在摇篮里。

理想是一种精神，而奋斗是维持精神存在，并永远不会磨灭的历练。我知道在未来，我们的公司一定会遇见各种各样的问题，但我相信当大家劲往一处用时，一定可以把公司壮大起来。

再看看乔冉，已经不再是当初我认识的那个样子，如今的她，多了些管理的理念，也越来越像一个老板，做事越来越细心、认真，她用自己的全部责任心来维护我们的"孩子"。当我们制作出一个软件，并得到业内认可时，我们都会很欣慰，像父母一样，当看到这些"孩子"有了出息，心里便会因它们而骄傲。

"我们一定要勿忘初心，创业一定不能飘。要一步一个脚印，踏实地奋斗。"这是我的座右铭，是刚开始创业时，乔冉和我说的话，我一直都记得。我也曾把这句话告诫给我们的员工们。做人永远要保持一颗热忱的心，用奋斗书写未来的篇章。

这一年，我们顺利签下一个上市公司的一年合同，而我们研发的游戏软件也在各大网站上线，公司终于在两年以后正式步入正轨。

而后我们开始招聘社会上的精英人士或是攻克软件专业的高材生，随着我们不断地奋斗，公司开始壮大，入职的员工，只需要进行短暂的培训，便可以顺利上岗。乔冉希望我们的团队能够多注入些年轻人的新鲜血液，彼此增添些斗志。

一家新公司，能够取得这样的成绩，和大家心中怀揣的理想有着必不可分的关系。当我们以一种积极向上，对理想忠诚的精神去努力时，就为自己的理想多了一次灌溉，慢慢地我们的理想早晚会变成现实。

时间悄无声息地流逝，到了年末，我们终于可以胸有成竹地把自己的公司推荐给别人，甚至在向他人介绍自己时，可以勇敢地说自己是创业者。

"公司成立整整两年了，我们终于可以正式地办一次公司年会。"

乔冉嘱咐我准备开公司年会，也应该给大家多些福利，让大家体面地回家过年。虽然我和乔冉是公司的创始者，但我们总会以一个同大家一样的身份去与他们交流和工作，虽然遇到问题和决策时，需要我们管理，但我非常佩服这些年轻人。

这个公司离不开现在的每一个人，更感谢大家拿出自己的力量去证明我们可以做到并做得更好。在第二年的公司年会后，我们带领着近三十多名的员工，去海南玩了一周，并给他们发了丰厚的年终奖，报销了回家的飞机票，让他们带着各种礼品，顺利回家与家人团聚。

每个人的努力都值得被尊重，而每个人都有很多的心酸，就像我们的公司，起初遇到许多的麻烦和困难，但我们从来不吝啬自己的努力，拿我们的青春去做赌注，去奋斗，拼着一股劲，为了那澎湃的理想。

奋斗是每个人都会做的事情，但没有一个支撑点，是无法坚持的。所以你心中应该有自己的理想，并心甘情愿为之努力。

生活的继续源自奋斗，而奋斗源自澎湃的理想。相信当我们愿意奋斗的那一刻，你就已经踏出了勇敢的第一步，而你需要做的是为了你的理想，坚持努力。

■ 不要复制他的经历（作者：熊探）

每个人都有榜样，每个人也都经历过被对比，但是最后我们成为了自己渴望或者被渴望成为的那个人了吗？并没有。实际上，成为一个独一无二的自己，才是我们人生的奇迹。

刘萍萍，一个很大众的名字，乍一听让人留不住印象。而实际上，看见她的人，也因为她的平常长相而忘却她。总的说来，她是一个不被受重视的孩子。

刘西子，是她的表姐，只比她大了几个月，但是却跟她完全不一样。看到她的名字，就知道，她一定是一个身材高挑，举止优雅，跳起舞像孔雀一般的女子，而实际上，她确实也是这样的。于是，众人经常会把她们姐妹二人一起比较。

在刘萍萍还在往河沟子那里瞎跑，偷别人家的大白菜的时候，刘西子已经学了两三年的画画。那年，刘萍萍到刘西子家做客，看着刘西子认真地画着树、鸟和漂亮的姑娘，也不禁被感染了，受到了启发，自己回到家里，也画了一幅又一幅，虽然没有刘西子画得好，但是她的画却并不幼稚，也不简单。刘萍萍想，这样应该可以和刘西子差不多了吧。

刘西子准备上学的时候，刘萍萍还在和别的小孩儿一起野跑。她们上房揭瓦，她们天不怕地不怕。于是，刘萍萍就这样，从上学的这个起点就已经落后于刘西子了。

上学的时候，刘西子的人生简直就是"开了挂"一般，小学的三门课程，每次总分都是299。而刘萍萍呢，一边玩一边学，每次考试也能考到298分。刘萍萍想，我们差不多吧。

再后来，上了中学，当刘萍萍刚刚考上了当地名列第二的高中的时候，刘西子已经在名列第一的那所学校里风生水起。高二那年，刘萍萍选择了学文科，就像刘西子一样，可不同的是，刘萍萍还在吭哧吭哧学着自己不懂的各种理论的时候，刘西子早已经被东北的一所名校提前录取。别人家高考的时候，她已经出国玩儿了三个月。

刘萍萍高考没有考好，上了一所三本院校。那个时候，刘西子已经出国留学，去了日本。那年，正赶上形势严峻，大家都叫刘西子回国，但是她拒绝了。刘萍萍想，要是自己有一天能出国多好啊，要是自己在国外遇到突发事件，是不是也是继续坚持下去呢？不过，这些只是想想而已。

从那以后，就没有人将刘萍萍和刘西子作对比了，因为她们两个人早已经拥有了不同的人生。刘西子的消息总会时不时地从国外传过来，比如受到了某位领导的接待，又拿到了奖学金。而刘萍萍那个时候，还在大一，连个班干部都没有争取到。再后来，刘萍萍就很少能够听到关于刘西子的消息了，然而刘西子的身影，仿佛永远都在她的前方一样，激励着她不断前行，并与之靠拢。

大一结束那年，刘萍萍拿到了专业第一的成绩。大二开始，她成为了学校学习部的部长，某个社团的社长。并且在省级的英语、数学和计算机比赛中，拿到了名次。大三那年，刘萍萍参加了国际性质的竞赛，拿到了第一名的成绩。那个时候，整个学校都知道了有刘萍萍这个人。本来，刘萍萍可以凭着这个奖项得到直接录取研究生的资格，但是，因为本科的级别低，所以不得不再次进行研究生考试。

在准备考研的时候，刘萍萍为自己选取了一所很有名的学校。但是同学认为这并不可行，因为自己所在的学校级别低，换句话说就是出身不好。但是刘萍萍还是坚定地去申请了。之后，她便投入到了教室、图书馆和宿舍三点一线的生活中。

一月初考试的时候，刘萍萍的总成绩比录取成绩少了两分，如果调剂的话还是可以的，但刘萍萍却没有。在得到通知的第二天，她就开始着手找工作。刘萍萍不像别的同学们，这也不想干，那也不想干，只要有企业能够录取她，她就会去努力工作。

刘萍萍的第一份工作，是在某教研中心做助手，她每天翻阅的资料夸张一些说，能够有冰箱那么高，她每天复印的文件可以将打印机累得嗡嗡作响。三个月的工作时间里，她得到了领导和同事的一致好评。在她毕业的那一天，本可以直接到公司报到，得到转正的机会，但她却选择辞职了。因为她知道，这并不是她想要的生活。

当刘萍萍再次投入到找工作的大浪潮的时候，刘西子已经留学回来，在一家有名的外企，做了翻译，而且是同声翻译。刘西子有一名青梅竹马，从初中开始，两个人你争我抢拿着第一名的宝座。如今，他们已经开始着手准备结婚了。

而刘萍萍什么也没有。没有一份满意的学历，没有一份顺心的工作，甚至没有一个陪伴自己一生的人。

刘萍萍一边这么想着，一边又找了一份工作。这份工作是做财务，刘萍萍很快就上手了。报账、作登记、交税和做薪酬，仅仅一个月的时间，就让她掌握了自己岗位所在的工作内容。之后，她又到其他部门帮忙，知道了公司的整个运作流程。总公司很快就伸出橄榄枝，希望她到总部去工作。但也就是在这个关键时期，刘萍萍再一次辞职了，她说，这也不是她想要的生活。

"什么才是你想要的生活啊！你知道现在有多不好找工作吗！"

当别人对她质疑的时候，她开始应聘另一家她渴望的岗位——文编。刘萍萍应聘的这家公司很厉害，大部分人都蠢蠢欲动，刘萍萍凭借着自己工作得到的一些技巧和学校里拿到的一些奖励，很意外地成为了其中的获选者。当别人知道刘萍萍得到这份工作的时候，首先是说："嗯，真不错，接下来就是，和刘西子比还是差些吧。"

刘萍萍在以后的一些年里，长期坐在电脑前，不断地撰写着，修改着，忙碌着，有时候成天成天地熬夜，不知不觉就过了一个通宵。

连和刘萍萍一起工作的人，都说身体是自己的，不要这么拼命啊！刘萍萍却总是笑笑，什么也没说。

刘萍萍的提包里，有一块儿手绢，那是很小的时候，姥姥送给她和刘西子的。刘萍萍的手绢上，写着的是刘西子的名字。那是刘西子和她相互交换，以作纪念。她常常会拿出来看看，她想，要是刘西子做这件事，是不是会更好。

大学毕业的第四年，刘萍萍成为了公司里独当一面的人。这个时候，刘萍萍终于有勇气问一下刘西子的情况。刘西子做着翻译，国内国外跑，见到了很多人，也见到了很多事，变得更加有内涵，有素养。刘萍萍不禁搓搓手，她想，自己也许永远也跟不上她吧。

　　这种情绪不经意间被母亲捕捉到了。母亲对刘萍萍说："萍萍，我给你起这个名字，并不是想让你感觉自己平平常常，而是想让你懂得，在这个复杂的社会里，你依旧可以犹如浮萍一般，不受束缚，拥有自己的人生。"妈妈顿了一下，对刘萍萍说："就好像当初，我选择让你避开和刘西子一同上学一样，就是希望你能够拥有自己的人生，而不是成为别人的复制品。"

　　刘萍萍满眼含着泪水地看着母亲。长期以来，听到的望子成龙，望女成凤的事情实在是太多了，但是能有一位为自己考虑的母亲，是多么的重要啊。

　　从那个时候开始，刘萍萍在努力的过程中，变得比以前开心了，也更加具有拼搏心了。因为她开始懂得，她要争取的一切，是为了自己的人生，而不是重复别人的道路。

　　在后来一次企业合作中，刘萍萍看见了刘西子。那个时候，两个快三十岁的女子犹如少年一般高兴地拥抱在了一起。

"你知道我多羡慕你的优秀吗？"

"你知道我多羡慕你的潇洒和自由吗？"

刘西子拿出了另一块儿手绢，和刘萍萍的放在一起，她们二人相视而笑。刘萍萍在羡慕刘西子的同时，刘西子何不渴望着像刘萍萍这样自由自在呢。刘西子腼腆又内向，不善言谈，小时候唯一的乐趣就是在家里读书。她多么渴望能够像刘萍萍那样，拥有一群好伙伴，快快乐乐一整天。这么多年来，她也一直在努力改变自己。不过，后来她也发现了，她就是这样的性格，不如好好和自己握手言欢。

"但是现在，我找到了我自己，并且努力成为更好的自己。"

"但是现在，我认清了我自己，并且尊重自己的谨慎和严肃。"

今天，无论是刘萍萍，还是刘西子，都成为了更好的自己。应该说，还好，她们都成为了更好的自己。

生而为人，最值得敬佩的事情，就是能够成为一个独一无二的人，有自己的想法，有自己的人生，也有自己的特色。但是，在这个追求成功，将金钱和地位视为首位的社会里，能够坚持做自己是多么一件不容易的事情。真的希望有一天，我们评论人生成功的标准是谁能够这样努力为自己活一生，而不是为了别人的眼光，为了别人的标准而不得不奋进一生。

这个世界上，单独一个人也许真的像浮萍一样，没有什么力量、作用和影响，但是即使是这样，也丝毫不会影响我们继续前进的步伐，和努力奋进的决心。

只有自己将自己的人生经营得多彩，才真的可以算上值得称赞的一生。所以啊，作为一个人，最重要的就是努力过好自己的一生，而不是复制粘贴别人的一生，成为一个傀儡。

■ 学会取悦自己（作者：温小舟）

人生路漫漫，然而从始至终陪伴你的只有你自己。如果说，生命是一出折子戏，而唯有取悦自己，才是这出戏里最精要的一阕。

晴雨今年 30 岁，在这快三分之一的人生里，她很晚才悟出"取悦自己"的好处。现在的她，自爱自律且自得，会在闲暇时喝一杯喜欢的热饮，煮一盏中意的咖啡，吃一道热爱的甜食，然后慢跑一小时，洗完澡，看一集或两集热剧。

然而在很长的一段时间里，晴雨在和他人的相处里，是唯唯诺诺，自卑懦弱的，通过一味讨好别人来获取与他人关系的发展。

读书时期，和同学之间的相处，她是如此。记得上高中的时候，进入了一个新环境，她有了一个新同桌。新同桌是个开朗的女孩，叫夏雪。夏雪和晴雨初中不在一个学校，夏雪却在一见面就和晴雨热情地打招呼："你是晴雨吧？我听说过你，你在 A 校很有名的。"内向的晴雨朝她微微一笑，些许拘谨和紧张被夏雪的"套近乎"给驱散了。然后，她们慢慢聊了开来，从星座故事聊到明星绯闻，从电视电影聊到偶像。

许是那个年纪的女孩们，建立感情的门槛比较低，几句投机的话语，便觉得可以是好朋友了。然而，却独独忘了对这个人本身进行一番考量。

其实，夏雪称得上是个好聊伴，让晴雨在初到新环境时没有那么封闭自己，但她却称不得是好朋友。两人后来开始同进同出，一起吃饭一起上下学。人和人之间，有时候走得太近，便会产生许多不开心和不和谐。因为人与人之间的交往，如果不是在互相尊重的前提下，那便不是你不开心，就是对方不开心。

夏雪和晴雨之间的相处，便是一种结果，那就是晴雨不断丧失自我的格局，去讨好夏雪。

晴雨也不记得是从什么时候开始的，许是吃饭时坐什么位置都由夏雪拿主意时，许是她穿的衣服起球被夏雪嘲讽时，面对这样的点滴，晴雨都是以忍受的姿态面对。她并没有形成一种夏雪太过强势的意识，有这种意识还是经人提醒。

那是一日早晨，早读课还没开始，夏雪突然告诉晴雨自己很饿，晴雨说："那你去买早餐吧，时间还来得及呢。"

夏雪却趴在桌上："我不想走，我懒！晴雨，你帮我去买吧。"

晴雨的内心涌过一丝不适，虽说平时夏雪是挺强势的，但把她当丫环一样使唤，这还是第一次。当时晴雨没有拒绝，她不善于拒绝他人，何况和夏雪之间走得那么近。

她给夏雪买完早餐回来，夏雪看到她买的葱油饼，一脸嫌弃地说："你怎么这么笨？葱油饼味道这么浓，很容易被班主任发现我在教室吃早餐啦。"

那一刻，晴雨依旧是接受性的思维，是的，她觉得自己做错了，不应该买葱饼。

然而，这时，后座的一个女生许是看不下去，立刻反驳夏雪："你要是嫌味道重，就自己去食堂吃。别人帮你买，还要被你这么说，狗咬吕洞宾。"

　　夏雪霎时无言以对，羞红着脸吃完葱油饼。

　　后来，那个女生私底下提醒晴雨，做人不要做得太弱，首先要学会爱自己，取悦自己才是首位，不然这样的事情，有了第一次，就会有第二次，人都是习惯捏软柿子的。

　　晴雨渐渐意识到这些，但整整高中一年，她还是没有学会取悦自己。她耗在和夏雪的不对等相处里，越发地疲惫。这样的事情，其实还是屡见不鲜的。

　　夏雪暗恋上一个学长，让晴雨帮她送情书。晴雨依旧没有拒绝，在学长班级外守候了许久，才把情书交给了他。然而却遭到了老师和同学们的误会，绯闻一时间传得到处都是，都说是她暗恋学长。

　　晴雨脸皮薄，那段时间压力很大，觉也没办法睡好，成绩下滑了许多。但是她又没办法和人解释，这是夏雪的情书。

　　这样的相处着实让晴雨很累。

　　好在高二便分班了，终于不用再去面对夏雪，她也没有再遇到一个这么奇葩的人，晴雨似乎不用面对"取悦自己"这个严苛的课题。

但是，这种症结性的问题，一般是不会那么轻易饶过人的。

后来，晴雨谈了恋爱，晴雨才真正感觉到无论在友情，还是爱情中，她应该学会的首先是取悦自己，其次才是取悦他人。

然而这一番感悟，何尝不是一番痛彻心扉后才领会到的。

晴雨的初恋是在毕业工作后谈的，是当时她待的第一个公司里的顶头上司。晴雨是学行政管理的，通过面试进入公司成为总经理助理，而她的初恋男朋友，就是那个公司的总经理。

总经理叫叶康，是公司老板的弟弟。叶康第一眼见到晴雨的时候，就觉得这个女孩可以撩，她一身难以掩盖的学生气，一看就是个好拿捏的，是他拍板决定聘用的晴雨，而他不过是仅仅出于谈谈感情打发打发时间这样的想法。

叶康是一个依附着老板生存的"皇亲"罢了，除了总经理这个名称，他一无学历，二无才能，纯粹一副花架子。然而刚进职场的晴雨哪里懂得识人，叶康耍点小手段讲讲花言巧语，送送花，写几首打油诗，不到两个月就轻松拿下她。

在一起后，叶康初时还觉得学生妹挺新鲜的，也陪她看看电影，喝喝咖啡，玩玩游乐场，但没过多久就厌倦了。

叶康是那种业余时间喜欢在迪厅里享受纸醉金迷的男人，他骨子里渴望的是酒杯和红唇，更爱的是风尘，晴雨这样的女孩子是锁不牢他的心的。

渐渐地，晴雨感受到他的厌弃和疲态。

他回复她信息的时间越来越长，有时甚至直接无视；他接她电话的次数越来越少，甚至直接关机以对，让她根本找不到人；在一起时，他盯着手机和别人聊天，却不曾认真听她讲一句；说好的约会，他可以临时爽约，让她一人在烈日炎炎下独自等待。

这样的状态，她却只晓得哭，不晓得要退出；这样的"渣男"，她却分辨不出，只一味地想着自己该怎样改变挽回他。

为了留住这个男人的心，她终于是把自己最宝贵的都给奉献出来了。叶康在一段时间内，的确回心转意了。

他又开始对晴雨好了一段时间，给她买衣服买首饰，却唯独不见他陪她再去看电影逛游乐场。他不关心她每天的心情，却关心她每月的经期是几号；他不关心她的喜好，只给她买自己希望她穿的衣服款式；他照旧很少回复她信息，除非她能立即赶到他的床边。

他给她的，没有爱，只是一种索取，索取他所需要的。

而她连爱自己都没有学会，又何谈爱别人。

晴雨明白这一点，是从一件很多女生都经历过的事情开始的。

那天是晴雨月经来的第三天，晴雨是寒湿血瘀体质，经行不畅，每次到这个时候，她都腹痛难捱。这天，她腹痛得实在起不来床，便打了个电话给叶康打算请假。

电话那头传来叶康迷迷糊糊的声音，很显然他还没睡醒，他语气略微不悦："什么事？"

晴雨捂着肚子，痛得几乎发不出声音来："我经期身体很不舒服，想请假一天。"

叶康"哦"了一声："本来还想让你晚上来我这陪我的，算了，只能改天了。"说完他连关心的话也没有问一句，就挂了电话。

听到电话里传来的"嘟嘟"的声音，晴雨心里很难过，像被钝刀一刀一刀地磨着，眼泪瞬间流了出来，她也不知道是心在痛还是肚子在痛。

那一天，她突然想起多年前后座那个女生提醒她的话：晴雨，你要先学会取悦自己。

那一刻，她忽然觉得痛恨，痛恨这过往的日子里都在讨好别人的心态中度过。那个女生说得对，她最该讨好的人是她自己。毕竟，这一辈子，伴你风雨的人是你，共你雪月的人还是你。这世上，对你最重要的人只有你自己。

离开这个公司是几天后，她把辞职信递给叶康的时候，叶康一脸错愕和难以置信："你这是认真的？"

晴雨微笑："我这辈子都没这么认真过。"

叶康也作势挽留了一番，但这里面几分真情几分假意，晴雨也不去分辨了。晴雨没有和叶康说分手，只是离开公司后，直接换了手机号，交流平台上也把叶康拉黑了。

叶康再傻，也该明白晴雨的用意。

晴雨离开了那座城市，回老家一心准备考公务员。国企招聘、行政事业单位招人、省考、国考，但凡有考试她都会去试试手，经过一番努力，她虽然没有考上公务员，却顺利考上了一个行政事业单位。

从此，她开始用新的心态开始新的人生。她开始懂得了，还是要把自己经营好，让别人患得患失，才是不辜负自己的最佳方式。

在人际关系上，她交朋友不依赖和讨好，她开始注重建立独立且互相尊重的关系，那些懂得尊重人的人才能进入她的内心；她开始学会说不，别人提出的过分要求她会说不，无效的社交邀请她会说不，她不认同的观点她会说不。

在自我建设上，她取悦自己，开始享受独处，注重自己的内心感受，不委屈自己，不为难自己，她会给自己换喜欢的发型，穿喜欢的衣服，偶尔买一个轻奢小包犒赏自己，学习瑜伽修炼自己，读书练字提升自己，她把自己塑造成一个独立自强却不是强势过度的女子，这是她欣赏且向往的样子。

终于，她开始过上了美丽的生活，她有了一帮"铁磁"，并谈了一个真正爱她的男友，不是那种听说她在姨妈期就避而不见的那种男人。男人告诉她，他爱的就是晴雨那种"悦人先悦己"的理念，她对他没有讨好的成分，这让男人感到自在。而她的那帮"铁磁"，也正是因为她的这种特质，而喜欢和她腻在一起，和她相处，如沐春风，舒适自得。

晴雨从取悦自己开始，才得以真正取悦了值得取悦的人，而最终的结果，是让生活取悦了她。

在我们的周围，有太多像从前的晴雨这样的女孩子，懦弱卑怯，不懂爱自己，但却鲜少有人有勇气像晴雨那样摆脱这样的自己。

很多看起来很难的事情，其实做来很简单。

取悦自己，从不怕寂寞享受独处开始。独处是让你最接近自己内心的时刻，多独处，养花练字，抑或跑步看剧，都是营养自己的营养液，喂食你强大的灵魂。做好这些，便是第一步。

其次，修炼自己，炼就一副面对世界的铠甲。适当关注潮流，提升自己的衣品，从外形上，就要告诉自己，你不会服输；阅读学习，学习多样技能，提升自己的内在，让自己拥有更多底气，去抵挡这世界的恶意。

如此，方为取悦自己，而唯有取悦自己，才是终生浪漫的开始。

■ 做个太阳，照耀别人（作者：三耳姑娘）

只有奋斗的人生才是称得上幸福的人生。在每一件事做成之前，或许我们做什么都不会被认可。可你的奋斗程度决定了你的人生方向。无论什么时候，当我们向着糟糕的生活努力改变时，一定可以给别人带来光！

认识帅帅的时候，她已经毕业两年了。自从认识帅帅，每天下班的路上都有了可以说话的伙伴，巧的是我们两个租住的地方距离很近。

后来熟悉后，才发现原来帅帅是本市人。那时候最大的疑惑就是身为本市人，干嘛还要花一份冤枉钱，自己出来租房子住。回家里住，不是更好么，还有人给做饭，打扫屋子。

面对我们这些小伙伴的询问，帅帅每次都"卖个萌"把这个问题略过去了。大家自然也不会再过多问。

外表看起来，帅帅似乎是个天生的乐天派。没有见过她发火，也没有见过她忧伤焦虑。不管谁有不高兴，不开心的事，她总是能找出几个笑话，逗得别人不得不笑起来。

偶然一次机会，我邀请帅帅到我那吃饭。直到那一次，帅帅才第一次讲述了她的故事。她说，并不是每一个人一生下来就能够做到乐观面对一切。当你发现身边的某个朋友，懂事又能开解别人时，她的心底一定埋藏着别人察觉不到的伤痛。

小时候的帅帅有一个幸福美满的家庭，集万千宠爱于一身，享受着爸爸、妈妈、大姐、二姐的关爱。可天有不测风云，那次她还没来得及赶到家，妈妈就已经撒手人寰了。从此之后，帅帅变成了没有妈妈疼爱的孩子。

虽然大姐和二姐对她更加疼爱，可到底不是妈妈的感受。年纪幼小的帅帅，每一次看到小伙伴们讲述与妈妈的事迹时，她都会躲在角落里默默流泪。妈妈的缺失成为了帅帅童年的阴影。

　　随着年纪渐长，帅帅已经学会了把这些伤痛藏起来。在家人面前不再表现出来，她懂得了大姐二姐的心意。可高一下半学期，从学校回到家里，她却发现了原本摆放着妈妈相框的地方，被替换成了别的照片。

　　那一刻，帅帅心底不容碰触的角落突然就爆发了。她跑过去，把相框狠狠地砸在了地上，但似乎并不能解气，看着柜子旁边的两个暖水瓶，帅帅一脚踢上去，两个水瓶发出了剧烈的爆炸声。

　　刚下班回来的父亲听到了屋子里的声音，来不及放下手上的工具，就跑进了屋内。帅帅的脚边都是玻璃碎渣，稚嫩的脸上面无表情。父亲看着帅帅，问道："学校就教了你这些？回到家里不知道帮助你阿姨做做饭，收拾收拾屋子，就知道毁坏东西。你以为赚个钱很容易么？"

　　听到父亲的话，帅帅的眼泪突然就掉下来了。她扯开了嗓门，质问着父亲："那是妈妈的位置，凭什么要给外人用。凭什么把妈妈的相片换掉，凭什么……"

　　"啪！"

清脆的声音传到了厨房，正在做饭的后妈顾不得洗手就跑了进来。帅帅的脸上红了一大片，五个手指头印清晰可见。后妈拉着帅帅，心疼地想要帮她消消肿，帅帅恶狠狠地看着她，甩开了她的手。

在家里没有待上几个小时，帅帅就返回了学校。坐在宿舍内，她想不明白为什么父亲要找别人取代母亲的位置。

那些年，帅帅从来没想过要与父亲和解，也没有试着与后妈沟通交流。她总是在迫不得已的时候，才会回家一次，拿点换洗衣服就又回到了学校。被搁置的心情，从此再也没有被提起过。为此，帅帅特意报考了南方的大学，并且争气地考上了那所大学。

离开家，拖着行李奔赴学校的时候，站在火车站，帅帅回头望着已经年迈的父亲。她终于犹豫了一刻，假如那天下午的事没有发生，她也不会选择那么远的学校，她依然可以每隔一段时间回家一趟。一家人坐在一起吃一顿温情的团圆饭。

可时光回不去了，因为她的原因，这个家庭再也没有出现过欢声笑语。两个姐姐也极少回去父亲家里，没有了帅帅这个关系纽带，仿佛这个家庭的核心都消失了。

四年的大学生活，让身在异乡的帅帅，开始想念远方的家，开始挂念年迈的父亲，开始体会到阿姨的心情。原本她以为自己走了之后，就可以走出那段阴霾的阶段，可到头来，自己不仅没有将阴霾赶出去，反而引发了更深刻的思念。

这大概就是人们常说的"距离产生美"吧。

当帅帅讲到这里，我还是有些疑惑："到底发生了什么，让你整个人性情大变，成为了现在这个阳光快乐的姑娘？"

毕业后，帅帅拖着行李回到了自己的城市。因为与父亲的隔阂太久，她竟然学不会如何在家庭内相处下去。在找到工作之后，就搬了出来，只在每周周末回去待一天。

这样的日子持续了一年，父亲开始频繁地给她打电话。虽然父女两个人不常见面，但到底是亲生的父女。原来，帅帅已经到了适婚的年纪，邻居们也开始打听帅帅的恋爱情况。念叨得多了，老父亲也坐不住了，时不时把帅帅叫回去，一起吃饭的时候，提起这事儿。

本想缓和关系的帅帅，没想到回家后，却听到了这样的事情。她给自己的心理建设再一次坍塌了。敏感的她以为是阿姨嫌弃她，殊不知阿姨连话都不敢多说一句。大姐与二姐也旁敲侧击地问过帅帅，亲人只是表示对帅帅的关切，可帅帅压根就不接受。

帅帅二十六的时候，在秋天的夜晚下班回家。父亲打电话说在大路口接她，她挂了电话后，脸上终于露出了一丝久违的微笑。那是一种发自内心的微笑，是一种与父亲释然的微笑。

那晚，远远地看着父亲的身影，帅帅的眼角湿润了。竟不知何时，父亲的脊背都驼了。印象中那个步伐坚定沉稳的男人，双鬓早已花白一片。帅帅快步走到父亲身边，叫了一声："爸。"

父亲应了一声，问了一句："饿不饿，家里还有饭热着呢。"

"不太饿……"其实帅帅很饿，但她却不知如何开口。

"忙了一天，怎么能不饿。走吧，你阿姨特意给你准备了一碗热鸡蛋羹，都是好消化的食物。"父亲走在前面，帅帅跟在后面。

这么多年，帅帅明白，父亲为了缓和阿姨与她的关系，一直努力着。可她总是抗拒，夹在中间的父亲也为难了这么多年。

路上，父亲缓缓开口，说道："闺女，这些年苦了你了。我知道当年你妈妈的离开让你一时难以接受。我是一个失败的父亲，竟然不知道该怎么面对你。我以为再给你找一位妈妈，就可以让你的脸上再次露出笑容。后来我才发现，这事儿啊，它不是这个理儿……"

父亲说着，声音有些哽咽，跟在他身后的帅帅，脸上早已爬满了泪痕。她何尝不想与父亲好好谈一谈，化解父女之间的冰层，可时过境迁，他们都忘记了当初的缘由了。

那晚，回到家里，阿姨特意等着帅帅。把热气腾腾的饭菜端上饭桌时，帅帅起身给了她一个拥抱。因为她的叛逆，辛苦阿姨照顾父亲这么多年。帅帅特别小声地说了一句，"谢谢您，阿姨。"

阿姨早已把帅帅当女儿一样对待了，不回家的女儿，着急的不仅是父亲，还有她这个半路出现的老阿姨。两个人抹着眼泪，互相推让着坐了下来。

这竟然是帅帅将近十年来，吃到的第一顿幸福的晚饭。阿姨第一次看到了帅帅脸上的笑容，本就是一位乐观向上的孩子，却无端承受了这么多年的委屈。

帅帅看着我，大板牙一咧，笑着说："我们都曾年少过，以为自己天不怕地不怕。却总是忽视了依然在家中盼望着的父母。那些年，从来没有对父母笑过，也没有给身边的人带来过欢乐。就连闺蜜都与我疏远了一些。"

我走到帅帅面前，抱住了她。"可是现在的你，又善良又美丽。就连我脾气差对你大吼大叫的时候，你都没有对我生厌过。虽然我没有说过，但是我真的很喜欢你啦。对我而言，你浑身充满了正能量。现在的你每天都像一枚小太阳，发光发热照耀着别人。"

我们这一生，无法预料下一步会发生什么。我们这一生，都想选择用自己的方式生活。我们这一生，无怨无悔走着自己的道路。我们虽然无法改变别人，但我们可以改变自己，可以影响别人。

有一句话很值得赞同，心慈面善。当一个人内心充满了阳光，全部行为里透着和善，她就不再是独立的一个人。反射在别人眼里的她，全身上下都发着光芒，不仅温暖着自己，也照耀着别人。

愿每一个人，都是自己生命里的太阳，照耀自己前方的道路，温暖身边的人。

■ 崇拜别人，不如自我欣赏（作者：李溪亭）

我们总是活在别人的影子下，看着别人的高大，而自己卑微至极。可是别人的始终不是自己的，何必将自己埋在别人的影子里呢？

小田在班上是那种学习、长相、家庭都很普通的女生，也没有任何特长。而同班同学小欢却不同，长得漂亮，又成绩优异，舞蹈与唱歌样样精通。不论是学习的领奖台，还是文艺演出那里，都有小欢的一席之地。在小田的心里，小欢就好似不可逾越的高度。

　　这样的想法一直埋在小田的心里，因此，她总是在小欢面前抬不起头，即使两人是小时候的玩伴。小田心甘情愿地成为小欢的小跟班，成了跟在小欢身后的无名氏。在这样的崇拜里，她失去了自己，忘却了自己。

　　我记得中央电视台有一档综艺，叫做《模仿秀》。有许多人去模仿张学友、周杰伦等"大咖"歌手。看着他们越来越像模仿对象，我也就知道，他们越来越迷失自我。当你活成另一个人的模样，你也就不再是你。而这些模仿歌手之中，有些人的声音甚至比歌手的条件更好。可他偏偏将自己一点一点地变得与偶像相似。

　　虽然他们可能在这个过程中变得出名，被大众所知，但我却看到的是惋惜。

　　小田也是在追随小欢的路上渐渐遗忘了自己，她也学着唱歌，吵着妈妈说要去学跳舞。可是她是天生的五音不全，根本不适合唱歌或跳舞。但似乎在她的心里已经根深蒂固地认为，必须要去向小欢靠拢。她甚至学着她的模样扎头发，学着她报名参加文艺演出。与此同时，她得到却是一次又一次的失败。

那一日，同学嘲笑小田唱歌跑调，让她感到无地自容。她躲在角落里哭泣，不明白为什么小欢可以活得那么招人喜欢，可以唱歌好听，为什么自己什么都做不好。这时，小欢递给她一张纸巾说道："你还记得我们小时候的事么？"而后又轻轻笑了一下，像是在怀念着什么美好的事。

"那时候，我很羡慕你画画好，总是受到老师的表扬。你还经常在教科书上涂鸦，那些涂鸦我到现在还记得，有超萌的小人物，也有那种眼神深邃的帅哥，什么样的都有……那时候我的羡慕是无法用言语表明的。"小欢又顿了顿，说道："那时候你的体育成绩也很好，每次跑 800 米，你总是能轻松地冲过终点，而我却经常在及格的边缘徘徊。我又是多么羡慕你。"

小田抬起头望着小欢问道："你羡慕我？"而后又摇了摇头说道："你是想安慰我么？你怎么会羡慕我？"

小欢笑了笑："我那时候就和现在的你一样，羡慕着你，羡慕你的一切。羡慕你的绘画水平，羡慕你的体育成绩，甚至羡慕你和睦的家庭。只是你不知道而已。我经常注视着你，想去学习绘画。可我学了一个月就发现了，那并不是我所喜欢的，也不是我擅长的。我甚至连最基本的临摹都不会，你还曾笑话过我临摹的画呢。"

小田随着小欢的话语渐渐回到过去，是啊，那时候她确实经常在教科书上涂鸦。小欢还曾拿着自己临摹的图来找她，问她为什么画得那么好。她想起来了，自己很喜欢绘画，而又恰好有些天赋。可她已经不记得自己有多久没有再画过画了，连画黑板报她都不再参与了。至于跑步，她好像已经没有再参加过校运动会了，甚至连平时 800 米测试时，她都不再冲刺去拿第一。许多她忘记的事一件又一件浮出水面，让她想起曾经的自己并不是一无所有。

小欢接着说道："那时候，你就是我的灯塔，是带着我走的光，可也是一盏将我埋没的灯。我在那段日子里觉得自己很卑微，一无是处。父母每天都在为一些鸡毛蒜皮的小事争吵，而我只能自己躲在房间里，听着外面摔摔打打的声音。那时候唯一可以让我感到平静的就是音乐，那些婉转的歌声与动人的旋律缓慢地进入我的脑海里，我的脚步随着鼓点而移动。我进入到自己的世界里，开始沉浸在音乐的世界里。"

小田记得，有那样一段日子里，小欢每一天都躲在房间里，不与任何人说话。只能隔着窗户看见带着耳机坐在窗边的小欢，也好像，只有戴着耳机的小欢，沉浸在音乐世界里的小欢才是明朗的。而另外一件小欢可以做的事便是学习，她一直觉得只有学习好了，父母也就不会吵架了，只有她乖了听话了，父母就不会吵架了。至少这是小欢所能去做的，所看到的。

小田又回想起自己，父母和睦一家人相亲相爱，即使自己调皮捣蛋，即使自己成绩不好，即使看见了她的涂鸦，父母也没有过一丝不满，反而是对她说，你喜欢什么，就去做什么。也为她买了许多画画的书籍本子，以及铅笔等工具。

"小田，那段日子真的很难熬，可是，我在那里看到了光芒。那次学校的文艺比拼，我偷偷报了名，我自编了一曲舞蹈，想去演绎我对舞蹈和音乐的挚爱。也是那个世界给了我希望与力量，所以当我获奖时，我知道，我做到了。在不抛弃，不放弃，不追逐你的路上，我成功了。"小欢的言语让小田感觉到了力量，为什么人总是去崇拜羡慕着别人所拥有的，而不是去寻找自己的优点，自己的优势，或者自己的喜好呢。

不知道有多少人，因为看到了歌手们在舞台上的光鲜亮丽而开始追逐着他们的光而行。可明明是五音不全，又为何非要在音乐这条路上坚持不懈呢。找到适合自己的才是最好的，而这适合自己的一定不是别人的光芒。

每个人都有自己的理想或者目标，研究物理学的将爱因斯坦奉为偶像，可目标是奋斗的方向却不是迷失的方向。当你将追逐他当成了毕生唯一的目标，当你仰着头看着他成了习惯，当你成了永远是羡慕别人的人，那么又有什么成功可说，又有什么理想可言？不过是一个傀儡，跟在他人的后面，忘却自己。当你忘记了最初所追寻的目的，那么也就无法遵从本心。

小欢的那些话语唤起了小田心中沉淀在她心里的那些事，也唤起了她心底对自己的信心。小田也渐渐找到了那份失去的信念，她想起了自己对画画是多么喜欢，想起了奔跑在田径场上的自己是多么快乐。她捡起那些丢弃的绘画与跑步，一步一步变为独一无二的自己，也不再是小欢的跟随者，而是小欢的朋友，是与小欢并行前进的人。

我也曾崇拜过许多人，羡慕他们的一切。羡慕他们坐在钢琴边手指挥舞的样子，喜欢他们在舞台上跳舞的样子，喜欢他们……于是我也迷失了自己，忘却了本心，也不记得自己最擅长什么。

我也和小田一样五音不全，可我也曾学着别人的样子跳舞，最后我发现那根本就不是我的长处，为何非要将自己的短板展现给别人，而将自己的长处隐藏？

我记得初中时，曾有一位培训学校的老师看着我的手说，我适合弹钢琴。我信了，因为我看到了别人坐在钢琴后的那份静美。我回家告诉妈妈，说老师说我适合弹钢琴，我要学钢琴。妈妈看了看我短短胖胖的双手，笑了笑没有说话。后来我自学吉他的时候才知道，我的手连吉他的弦都握不过来，更别说是钢琴了。当时不过是被遮蔽了双眼，也遮挡了心。看不见自己前进的路，也看不见自己的模样。

人生这么长，我们会遇见许许多多的人，也会看到许多比我们强的人。大学里有一位同学工科的知识一塌糊涂，高数只考了二三十分，可是他对历史知识却能倒背如流。他可以和老师讨论历史，讨论经济，讨论的那些名词甚至我都不曾听过，讨论的那些问题有些竟然连老师都会被问懵。

他从来不崇拜别人，也从来不会说渴望与大家一样，他只是坚定地做了他所擅长的，他所喜爱的，也就是做了他自己。刚开始的时候，我是有些不理解他的。可后来，我明白，上帝为我们关上一扇窗时，会打开一扇门。

如果霍金崇拜博尔特的速度，在塑胶跑道上飞驰，那么我们还会知道黑洞么？《时间简史》将不会展现在我们面前，我们将失去许多许多。所以不论别人是如何厉害，要看清自己，也要记住自己的方向。

崇拜别人，渐渐地便失去了自己，再然后便失败，到最后卑微到了极致。

崇拜别人，不过是成了别人的影子。只有欣赏自己，才能创造奇迹。

每当崇拜别人时，请你停下脚步回头望望自己来时的路，也低头看看自己，去寻找自己的本心。问问自己，究竟想要的是什么。不要迷茫在别人的世界里，要看清自己，学会欣赏、发现自己的优点，然后进行发挥，才会成就非比寻常的你。

■ 做心灵的主宰（作者：松尤）

当我们成长到一定的年龄，就会把自己看得透彻，这种透彻包括但不局限于自身的身体健康，更多的是更加明白自己的内心，更加知道：要取悦自己，要做自己心灵的主宰！

读书的时候，有人送给奇妙一个外号——好好小姐。

关于这个外号，有人说因为奇妙总是有求必应；也有人说奇妙真的很好，有困难找奇妙，没错；还有人说，难道你真的没有发现奇妙真的每次都是"好好好，行行行"吗？

奇妙是个好人。大家都这么说。可是好人就该死吗？

奇妙无数次问自己，怎么自己就做不到拒绝别人呢？明明自己也有很重要的事情要做，明明别人的请求对自己来说真的很费劲，明明这些人要自己做的已经不是举手之劳了，为什么她就没办法跟随自己的心说一声不呢？

奇妙努力了很多次，然而每一次想说不行的时候，费了半天劲却还只是憋红了脸，说了声："那好吧，我等会儿就帮你做！"

无限制地不拒绝，无底线地对人好，就像一种烈性的痛苦的毒药侵蚀着奇妙，她觉得所有愿意跟她一起上课、游戏的人，都是看中了她的好说话，她的乐于助人。如果她一旦丧失了这些机能就会失去这些朋友。所以，尽管这种毫无底线地帮助别人让她很累，她却没办法开口说不。

其实，也不能怪奇妙会这样想，毕竟不是谁都拥有过奇妙的童年，也不是谁都经历过奇妙的遭遇，不是谁都蜷缩在阴暗潮湿的地窖里一遍又一遍地质疑自己："听从自己的内心有错吗？取悦自己有错吗？为什么这些人要因为我遵循了自己的内心而孤立我？"

小时候的噩梦真的会在你长大后的日子里，毫无顾忌地肆意妄为，会恐吓你，会诅咒你，会让你一点一点褪去自己的坚韧。

奇妙便是那个一直浸在幼时的噩梦里醒不来的小孩。

荀子说人性本恶。奇妙从小学的时候就对这句话深信不疑，因为她的那些同学们一直身体力行地践行着这句话。

小时候的奇妙是一个内向且呆板的女孩子，她嘴巴笨，父母又都是面朝黄土背朝天的老百姓，所以，在她那个孤单又绝望的童年里，根本没有人教她怎么说话会让别人更喜欢自己，也没有谁给她说与人交往的第一步是自信不胆怯。在那些个绝望的日子里，她所有的示好都被别人当做垃圾，踩在地上狠狠地践踏，狠狠地碾碎。

奇妙永远会记得她那个小学同桌，那是个聪明又漂亮的女孩子，她真的很厉害，每一次考试都是前三名，她灵动又狡黠，美丽又热情，老师同学每一个人都喜欢她，每个人都围在她身边，争着和她做朋友。

奇妙，也不例外。

奇妙真的是太孤单了吧，不然怎么会为了和同桌做朋友而委屈自己屡次三番，三番屡次地替同桌跑腿"背锅"呢？

同桌说："奇妙啊，妙妙啊，我明天想喝 XX 牌的牛奶，你给我买吧，我跟你最要好了！"

奇妙给同桌带了一个月的牛奶。

同桌说："奇妙啊，妙妙啊，我好想买这个笔记本哦，可是我没有零花钱了，妙妙，你多的那五块钱能让我用吗？"

本来想给自己买个笔记本的奇妙，买了个笔记本送给了同桌。

同桌说："奇妙啊，妙妙啊，别看书了，我带你玩沙包。"

奇妙给同桌当了一下午的人肉靶子。

……

嘿，我知道你肯定是要问了，奇妙是傻子吗？别人这样对她，难道她就不知道是真心还是假意吗？

知道啊，肯定知道啊，她肯定清楚这些人到底是真心还是假意地跟她交朋友，可是，如果不这样做的话，那她连这样的友情都没有了，她就又要变成那个灰扑扑的怪小孩了。

其实，她也做过反抗，也说过拒绝，可是拒绝过后呢？拒绝过后是无穷无尽的冷嘲热讽，是绵延不绝的恶意摧毁，是本来该是这世界上最可爱的孩子做尽的不可爱的事。

自从奇妙拒绝了同桌过后，这个世界就开始把她孤立起来了。

她的作业本总是被别人不小心弄丢，然后立马就会有人去告诉老师奇妙没有写作业，要被罚站。

学校发给大家的营养餐，别人都能吃得香香甜甜，独独就她的牛奶总是被别人扔在地上滚了一圈又一圈，鸡蛋也被调皮的小男孩抠成了一小块一小块摔在黑板上。

她的头发里被塞满了土渣，她的衣服被涂满了涂改液，她的鞋带被绑成了死结系在了桌子上。

她走路有错，喝水有错，读书有错，她听到同桌和别人讲自己的坏话，她听到同桌和别的小朋友商量着下一次要用什么方法作弄自己。

那几年里奇妙受尽了数不清的委屈，所有人都说是奇妙的错，老师说奇妙不团结，父母讲奇妙怪胎，陌生人说奇妙的不合群是脑子有问题，所有的冷嘲热讽铺天盖地向奇妙卷来，但是，就算是这样，奇妙也没有再向同桌低过头。

成年后的奇妙特别怀念那个时候的自己。弱小的自己跟万人迷小同桌说不的时候，勇敢的样子真像个威风凛凛的小超人，站在小小的山头上保护着自己，坚定地守护着自己的本心。

再长大一些就不行了，奇妙还是那个懦弱呆板的姑娘，不怎么会说话，只会一味讨好别人，虽说再也遇不见幼时同桌那样的人了，但无穷无尽地成全别人，委屈自己到最后只会让自己的心离自己更远。

很感谢这个时候奇妙的男友出现了，他就像救世主一样拯救奇妙于水火之中，每一次看到奇妙无底线地妥协的时候，他都要捧着奇妙的脸，认真的说："妙妙，你真的想做这个吗？你确定吗？你已经累了一天了，你不是说你真的好想睡上三天三夜吗？为什么不听你的心在说什么呢？"

奇妙也会告诉他："可是，如果我不帮别人的话，别人就不会再来找我了，就不会跟我做朋友了。"

"朋友啊。朋友会尊重你的存在，如果有人因为你一次不帮忙而离你越来越远，如果他不尊重你的内心，那他就不是你的朋友，最起码，他不值得你把他当朋友。"男友还说："还有啊，奇妙，你不要一直在意别人，你的肉体和你的灵魂都是属于你，你看，明明这些事情已经超过你能力范围了，你明明是抗拒的，为什么要违心呢？我们行走在这个世界上，本来就有很多不可预料的委屈了，而这些明明是可以跟随自己内心的，为什么还要放弃做自己心灵的主宰呢？"

或许是男友的话起了作用，也或许是奇妙解封了那个勇敢的七八岁的自己，奇妙开始尝试拒绝那些为难自己的请求。

"不好意思，我今天很累了，可能没办法帮你了。"

"对不起，我没有学过这个领域的知识，可能帮不了你。"

"抱歉啊，今天没办法替你加班了，我急着回家。"

关于尊重自己的内心，奇妙做得越来越得心应手，而且，令人惊奇的是，没有人会因为奇妙偶尔地拒绝，而放弃和奇妙做朋友，他们还是会和奇妙一起去吃烤肉，一起唱歌，一起逛街，一起解决困难，大家彼此尊重。如果你能够帮我，我无比感激，如果你不能，我也愿意守护你真挚的内心。

当一个请求摆在我们面前的时候，我们有两个选择：答应或拒绝。

但是，不管是答应还是拒绝，我们都应该遵循自己内心的想法，哈姆雷特说过："即使把我放在火柴盒里，我也是无限空间的主宰者。"现在，在这蔚然宇宙中，我们更应该做自己心灵的主宰者，更应该听从自己的内心。

所以我也时常跟人说，当我们成长到一定年龄的时候就会把自己看透彻，这种透彻包括但不局限于自身的身体健康，更多的是更加明白自己的内心，更加知道：要取悦自己，要做自己心灵的主宰！

就好像我一个年迈的奶奶，她年轻的时候一心想去沿海地区闯闯看看，但那个年代哪会允许女人下海经商，她的父亲为了断绝她这个心思，就随便找了个婆家早早把她嫁了出去。结婚后，因为丈夫，因为婆家，因为孩子，因为点点滴滴零零碎碎的繁琐事，她离她的本心越来越远了，远到活了五十多岁突然就想去深圳，去上海，去五光十色的大城市感受感受那未做完的梦。

从上海回来后，奶奶跟我们这些小辈说："人呐，这一辈子，一定要看着自己活，要听自己的心说了些什么，别人说的都不算数，就你自己才了解自己，而且啊，你们一定不要怕，一定要主宰自己的心灵，不然等你老了，就再也来不及了。"

幸运如奇妙，在她未来得及后悔的时候就学会了再次勇敢，学会了遵循内心。

不幸如奶奶，年迈的躯体再也撑不起流浪的心。

现在的我，每一次面对不知道该如何才好的事情的时候，都会想起奇妙和奶奶，想起她们的遗憾，想起她们教会我的：做自己心灵的主宰。

做自己心灵的主宰，这个世界上就一个你，不信前世，不信来生，就今生，就今生把握自己的内心，珍惜每一次决定，勇敢看着自己的内心，说可以，或者不行！

第三章 ○

学会和懦弱的自己说再见 ●

　　面对困难险阻，不要害怕。只有坚强勇敢的人，

才能坚定地朝着自己设定好的目标，一直走下去。

也只有坚持下去的人，才能与胜利会师。和曾经那

个懦弱的自己说再见吧，勇敢踏上梦想的旅程，你

终将会变得耀眼。

■ **相信自己很耀眼**（作者：凉湫）

　　在这个世界上，每个人都是独特的个体，都有各自

存在的意义。或许在人群中，你不够鹤立鸡群，没有高

挑的身材，没有姣好的面容，但在你身上总有那么一件事，会使你发出光芒，所以请相信，你足够耀眼。

宝宝张的原名叫张佳怡，因为个子娇小，脸上又有些婴儿肥，才在江湖上得此名号。

我和宝宝张打小一起长大，情分堪比同胞姐妹。她个性善良，温柔又细腻，但她却极为胆小，认为自己不够突出、亮眼而自卑。也因为这样，她一向不相信自己，做起事来才总觉得束手束脚。

上了大学之后，我和宝宝张因为是不同的专业，不能时常见面，但感情却只增不减。对她的事，我比谁都上心。

宝宝张从小就很羡慕在 T 台上走秀的模特，那些有着高挑身材的女生，穿衣走路都带着一股说不上来的美好气质，但碍于她的先天条件不好，她一直都不肯说出自己内心的真实想法，怕别人笑话。

大二的下学期，宝宝张终于鼓起勇气告诉我，她想做模特。见她难得有自己的想法，我自然是无比支持，于是陪着她开始了解模特这一行。

为此，宝宝张还特意报了一个走秀表演的培训班，每逢周末就会过去上课。刚开始上课的时候，她毕竟还只是个门外汉，表演的时候经常会出差错，因此她下足了功夫。再加上她条件并不好，学习的时候更是比别人勤恳许多。

好在，她请的是私教，也不会有人看到她出糗的样子。

某个星期天，原本教宝宝张的老师因为有事，临时将她交给了机构的其他老师，让她跟着老师上大课。

那天，宝宝张的父母正好出去旅游，没有人在家，便找我照顾她几天的伙食，于是我掐准下课的时间去接她。还未走到门口，就听到一阵笑声传来。

等我进到教室时，看见宝宝张跌坐在地上，脚上还穿着 15 厘米的高跟鞋。台子上还有一些残留的水渍，看起来像是有人故意洒上去的。对此，她攥紧了手，像是在极力隐忍着内心的情绪。

而在她身边不远处的几个女生，她们凑在一块，肆意嘲笑着："这么矮还想来做模特，真是痴人说梦话。"

我怒从中来，和那群女生开启了一场唇枪舌战，之后竟打了起来。宝宝张急忙赶过来帮我，但毕竟对方人多势众，我们很快落了下风，最后是机构派出管理人员分开我们，才结束了这场争斗。

离开机构后，我和宝宝张一起去医院包扎伤口，在去医院的路上，她低着头问我，声音喑哑："你说我是不是真的不适合走这一行？"

我觉察出她语气中的失落和迷茫，知道她被那些人刺激到想放弃，我也不能为她做什么，只是替她打气，希望她可以尽快振作起来。

可没想到，第二天，她在机构摔倒的事情，被人录成视频发在了校网上，一时之间，几乎全校的人都知道，她想要做模特的心思，甚至还有别的专业的人特意来找她，说出的话要多难听有多难听。

在这一众嘲笑的声音里，苏雅的支持显得格外不同。宝宝张和苏雅的接触并不多，只知道苏雅和自己一样，也在学习模特的课程。不同的是，苏雅人长得漂亮，身材也是好得没话说，最重要的还是她性格好，为人处事都相当圆滑，是班里当之无愧的班花。

宝宝张从没想过苏雅会帮她说话，而她身边的人更是因为苏雅的挺身而出，而不敢再对她妄加评论。

在那之后，苏雅经常会来找她谈心。在苏雅的激励下，她慢慢有了自信，而她和苏雅也因为一段时间的相处，成了最好的朋友，两个人每天都腻在一起，形影不离。

在苏雅的身边，宝宝张身上的缺点被不断放大，两者之间形成的强烈对比，也让班内多了些关于她的闲言碎语。不少人都在背后议论她们之间的关系，说宝宝张永远都会在苏雅的影子下苟延残喘，甚至还有人当着苏雅和她的面，把她踩得一文不值。尽管这样，她也从没嫉妒过苏雅，反而对苏雅更好，把自己的东西都分给她。

大学期间，苏雅带着宝宝张参加了不少活动，让她积累了很多经验。有一次，国内一所大型娱乐公司，在省内开设了人才招聘点，苏雅带着宝宝张去参加，经过了层层选拔，苏雅成功入选，而她因为还有欠缺而落选。

宝宝张虽然有做好不被录取的准备，可她也同样抱了很大的希望，这样的结果难免会让她沮丧。经历了一段时间调整，她才整理好心绪，重新开始接受训练。

大三的下学期，苏雅把宝宝张介绍给林晨恺做徒弟，让他带着宝宝张学习。作为模特界的宠儿，林晨恺有着完美的身材和脸蛋，还有与生俱来的镜头感，这让他从一出道开始，就吸引了所有人的目光，在业内名声大噪。

宝宝张听说过很多关于林晨恺的事，但是真正见到后，才发现他比想象中更有气质，也更加温和，待人亲切、热心。只是做事都追求完美，对于人的要求极为苛刻。跟着他学习，宝宝张涨了不少的见识。

在和林晨恺的相处过程中，宝宝张逐渐对他动了心。她怕被林晨恺知道，会连朋友都做不成，便一直隐藏自己的心意。可她心思单纯，什么事情都表现在脸上，苏雅看出来她喜欢林晨恺，想了所有办法，让她和林晨恺单独相处培养感情。

在苏雅的撺掇下，宝宝张鼓起勇气在众人面前向林晨恺告白，林晨恺没有拒绝，只是说他需要想想。她也没有顾得上许多，周围不断起哄的声音，让她害羞地落荒而逃。

第二天，当她照例去找苏雅练习走台时，却在路上碰见了苏雅和林晨恺，在说着关于她的话题。

苏雅的语气里满是不屑："我还以为你真的看上她了。"

林晨恺听到这，目光里带着些讨好："怎么会呢，像她那种又不漂亮又不优秀的女生，要不是因为想要有个追求你的机会，我连看都不会看她一眼。"

宝宝张听着他们的对话，心里像是点了一把火，将她想要更靠近梦想的愿望燃烧殆尽。直到那一刻，她才知道原来从一开始，苏雅就是带着目的接近她。

宝宝张虽然人长得不够漂亮，但是性格热心，尽自己的最大努力去帮助别人，班里不少人都找她帮过忙，这份真诚让她在班上受欢迎的程度其实不亚于苏雅。就连很多男生都喜欢她甚至多过于苏雅，这也让苏雅心生嫉妒。

　　于是，苏雅便开始布局接近宝宝张，只不过是把她当成衬托自己的绿叶，好让她看清她们之间的差距，可没想到，她却把这份友谊当了真。

　　苏雅也借着这份"友谊"得到许多便利，那次她们一起参加国内的比赛时，其实主办方同样也看上了宝宝张。

　　而苏雅靠着家里的关系，提前知道了结果。苏雅觉得，宝宝张根本不配和自己在一个公司训练，于是走了后门让家里人帮忙去掉她的名字，利用她对自己的信任，欺骗了她。

　　宝宝张听完这些，眸子里的光芒愈发黯淡。那天晚上，她打电话和家里人商量好，没过多久，她就转了专业，换了新的宿舍。

　　经历了苏雅和林晨恺的一系列事情后，宝宝张变得沉默寡言，她没再交过朋友，也没有联系过和苏雅有关的任何人。

毕业的前三个月，她考到教师资格证，打算回家乡做名教师，彻底地放弃了她的模特梦。

最初决定要放弃的时候，宝宝张也有过强烈的不舍，舍不得这么长时间的努力，舍不得当时下定的决心，每到这时，她都会告诉自己，不去听不去想就不会觉得难过。

但这并不代表她就很快乐，我在好几次看见她对着窗户发呆，迷茫到不知所措的模样后，背着她将她的简历海投给各家模特公司，其中也包括当初她和苏雅一起参加比赛时的主办方。

出乎意料地，我很快收到了邀请面试的回复，便拉着宝宝张想去那家公司看看，至少不会让她留下什么遗憾。

但她却死活不肯随我的意愿，说什么这世界美女一大堆，她这么平凡，丢在人来人往的大街上，都不会有人认出她来。

说着说着她就哭了起来，心里的委屈猛地爆发："这样的我，根本就不会被人记住，也不配被人喜欢。"

等她发泄完情绪，我抱紧她以示安慰："有人说过当上帝关了一扇门，一定会为你打开另一扇窗。这个世界是公平的，因为失去与得到都是相对的。每个人都是最独特的存在，也许你觉得自己不够漂亮，没有能力，可是在我眼里，那是你热爱的事业，是你努力过的决心，你要相信自己，哪怕没有好的外表，你也可以在你自己的人生舞台上，发光发亮。"

宝宝张最后还是慢慢站了起来，她成功通过面试，挤进了那家公司。虽然刚开始时她没有多少能够崭露头角的机会，也没有什么名气可言，公司发的薪资更是少得可怜，让她过着经常饥一顿饱一顿的生活，其中的清贫困苦不言而喻。但因为是在做自己喜欢做的事，她一点都不觉得苦，反而觉得满足。

进公司的第三年，公司给宝宝张安排了一次近景拍摄，主题是阳光。最后这组照片以灿烂的笑容，娇小玲珑的身材带来的饱满的青春气息，在网上火了一把，也让宝宝张一夜爆红，有了不少人气。

凭着自己的努力，以及公司的包装，宝宝张的人气只增不减，后来的路，她走得无比顺遂。

没有人是完美无缺的，或许在你的人生路上，你觉得自己没有别人漂亮，没有别人聪明，你觉得自己就算有能力可却太过平凡，根本配不上梦想这两个字，你抗拒着这样懦弱的自己，却又因为世俗而退缩、妥协，这样只会让别人更看不起你。只有当你试着相信自己，就算资源不够，也能靠自己的力量，去变得更优秀，你才能成为别人眼中最耀眼的光芒。

■ 失望的时候，请不要逃避（作者：百晓娜）

我们每天需要面对不同的人，说不同的话，呈现不同的面部表情。如果问你，累么？相信很多人会坚定地点一点头。累！是啊，怎么会不累呢？你只是一个人，简单地拥有自己的生活方式就可以了，真的不用去满足所有人的要求。

大学毕业的珞珞，很幸运地进入了一家新兴互联网公司。其实珞珞面试的时候，面试她的领导明确告诉她，她的专业技能和岗位不太相符，可能不会被录用。

珞珞被领导的直接打击到了，她当时很郁闷，本来准备了一箩筐的话想要表达。凭着一股不服输的韧劲，珞珞还是与领导继续耐心地交流沟通。对于领导的问题，流畅地回答着。虽然已经被告知，无法录用。这恰恰让珞珞放下了心里的压力与负担，她以最轻松的状态与领导侃侃而谈。

离开那家公司，珞珞往地铁站走时，半路还是回头看了看那座大厦。如果说不失望，也不太可能。这家公司的地理位置，珞珞很喜欢，大概是没有缘分了……

一周后，珞珞已经在新公司开始了工作。突然就收到了那家公司的通知，通知她去办入职手续。珞珞惊讶地问道，当初已经明确说不合适了，怎么突然就通知去入职了，部门总监都没来得及跟她聊聊工作情况。

前面说过，珞珞本就是个不服输的人，既然那位面试的领导给了她机会，她自然会把握住。于是，二话不说，即刻从现公司离职，中间也没有休息，直接去了新公司入职。

自入职的那一刻开始，工作期间没有人告诉她，该从哪一步开始，下一部该怎么走。以前她以为至少也要有人带。但现实是，没有人带。所以不会的东西，全部都依靠自己去学习。

她是个不认输的姑娘，虽然技术层面的知识，她一点也学不会。除了技术层面的工作，其他方面，她告诉自己一定要掌握。

但工作就是这样，你越是想要证明什么，发现越做不好什么。作为一个刚毕业的小姑娘，面对工作岗位上那么多前辈，很多时候，珞珞深感无助，毫无头绪，不知道该怎么梳理。

领导对她的好，她一直铭记在心。然而面对棘手的事情，却还是不知道该怎么处理。记得有一次，公司副总裁召开业务会议，领导特意带着她一起去参加。会议上，副总裁问了一些生产问题，她答得磕磕绊绊。

那次会议上，副总裁虽然没说什么，但目光再也没有放在她的身上过。她突然感到羞愧，对自己感到失望。散会后，领导单独找她谈话，问了她的打算，不知为何，珞珞突然就哭了起来。

领导问她为什么哭，珞珞直言道，觉得委屈。领导比珞珞年长十岁，那一刻，看着哭泣的珞珞，领导尽管于心不忍，但他们都清楚，一味地纵容并不能让一个人快速地成长。那一刻，领导的表情史无前例的严肃。

"如果哭泣可以解决所有问题，那大家为什么还拼命工作？如果你觉得对自己失望了，那你是不是需要寻找办法，重新建立自己的自信呢？"

珞珞流着眼泪，听着领导的教诲。她想，她如果继续在这个公司待下去，唯一的原因就是这个领导了。

当步入社会后，每一个人都很难想象会遇上一个怎样的领导，当在工作中出现了障碍，出现了困难时，如果有领导愿意帮你指点迷津，引领你走出迷雾，那你将会是幸运的。

而珞珞哭泣的那个中午，领导不知道她差点就要提出离职了。如果不是凭着那个不认输的劲，她可能早就离开了那个环境。

她很庆幸她继续留了下来，并且很快就把工作内容梳理了出来，甚至与合作伙伴建立了良好的沟通关系。偶然一天，领导突然发现她的工作效率高了很多，工作进展的汇报也会超前很多。对于她的变化，领导是欣慰的。

与此同时，珞珞主动找领导谈了下工作的情况，她认为自己已经做出了"物超所值"的工作量，希望在薪资上有所改变。她的领导沉思了许久，与她聊了几个小时。不知为何，最后不仅没有谈成涨工资的期望，她还莫名产生了一种工作依然做得不够完善的错觉。

单纯善良的珞珞，给自己定了一个目标。年终汇报的时候，她把自己的目标以汇报工作的形式呈现了出来，同时也希望其他小伙伴对她进行监督检查。

于是，接下来的半年时间里，每天早上到了公司，珞珞先把自己每天要做的事情列好计划，每一件事的进度环节，她都提前联系沟通，做好标记。那个阶段的珞珞，没有想过要对自己有什么样的提高，她只希望能够尽快得到薪资上的提升。

她的一举一动，全都看在领导眼里，领导看着她马达一样的工作状态，真是喜忧参半。那段时间，也是大家工作很忙的阶段，领导频繁出差，她留在公司帮忙处理事务。四月份，总监突然发短信问她薪资数，刚走到家门口的她突然激动了。她想，终于功夫不负有心人，领导准备给她涨工资了。

这件事，在月底终于得到了验证。薪资确实已经上涨了，然而涨幅很低。完全没有达到她的预期。虽然涨了工资，但她工作的热情突然就消失了一半，当初那个信誓旦旦，想要在职场一展拳脚的姑娘，已经开始有些掉链子。

这一次，领导再次找她谈了一次话。以往那个对领导尊敬的姑娘，此刻全身都有一种防备的意识。领导看着她的状态，有些哭笑不得。他有点后悔，当初跟总监说的给她涨工资的决定了。

但职场就是这样，即便是领导，也需要每一天不停地成长进步。此刻的珞珞就是上天派来考验领导的。

这一次，两个人没再有什么客套，领导率先开口，把珞珞身上的问题都讲了一遍，哪些是优点，哪些是缺点，什么是改进，什么是急功近利。领导说的那些点，全都说到了珞珞的痛处，而这些问题，珞珞自己是有意识到的，只是她自己不愿意承认。

最后，她表示认同领导的观点，但她依然失望。虽然自己身上有缺点，但人非圣贤，谁都有错误的时候，她也不是趋近于完美的存在，只是她依然认为自己的付出与收获相隔甚远。

这一次，她是真的产生了离开这份工作的念头，虽然领导与她谈了深刻的话，但她似乎并没有听进心里。

珞珞不仅是个不认输的人，还是一个负责任的人。因为工作的复杂多变性，她虽然一直有离职的念头，却还是尽职尽责完成着自己的本职工作，协助领导完成其他工作。

繁忙的工作使她忘记了自己当初对工作的计较，忘记了对失望的追究，忘记了那个曾经的自己。时间一晃，又一年过去了，她的工作量只增不减，没有配备新的协助人员。那个夏日，忙得无法控制情绪的时候，她与领导争吵了一番，坐在会议室哭了起来。

那么多年的委屈情绪，似乎一下子就爆发了。

这一次，领导什么话都没有说，只是看着她哭完，告诉她，她的付出很快就有收获了。领导希望这是最后一次看她爆发情绪，希望以后的她能够更加成熟，更加懂事，更加学会面对。

其实，那一次吵架，她表达了自己这么多年来，对工作的失望，对公司的失望，对领导的失望，她以为自己坚持那么久，就是希望哪怕是一个方面能够得到认可。可结果还是令她很失望，那一刻，她宁愿领导认为她是在逃避，她怕自己坚持不下去了。

作为领导而言，何尝不希望自己带出来的员工能够独当一面。他早已看出了珞珞的变化，他也预感到珞珞想要离开的心情。作为工作上配合多年的伙伴，他们连对方一个眼神，一个字，要表达什么，都清楚得很。

不管是谁离开了，对另一个人来说都是不可估量的损失。领导对珞珞表达了自己的挽留，也希望珞珞能够再想一想，很多时候，身在社会中的人，身上背负着太多的不得已。领导从来没有说过自己的苦衷，他只是希望每一个人在面对困境时，都不要选择逃避；在做决定时，同样不要逃避。

珞珞花了一个星期的时间来想通这件事，她虽然不认输、不服输，但她很清楚，有些问题，现在不决绝，选择逃避，那么这些问题到了下一个公司依然会存在，不会得到解决。她可以逃避一次、两次，却没办法逃避一辈子。

最后她还是决定，继续在公司待下去，直到所有让她感到委屈与无奈的事情得到了解决，那就是她可以彻底说再见的时刻了。

四年后的今天，珞珞不仅没有离职，而且竟然还成为了公司重要管理部门的领导。能够走到这一步，她感谢当初那个教诲她的领导，但她更感谢自己。

感谢每一次面对失望的局面，她都告诉自己再坚持一下，也许光明就在前面。感谢每一次被失望支配着的时候，她都暗暗地激励自己再继续一次，万一曙光就出现了呢？

生活就是这样，失望不会告诉你，它什么时候出现。可当你选择面对，它再也不敢明目张胆地出现。

感谢每一个失望的时候，都不逃避，勇敢面对的你，没有人比你更勇敢！

■ **不去面对又怎么去改变**（作者：忆海忘川）

工作生活中，谁都会有焦头烂额、身心疲惫的时候。逃避，或许是我们下意识的第一选择，却绝不是最好的选择。唯有告别怯懦，鼓起勇气去认真面对，才能完成人生的华丽蜕变。

王晓燕最近非常烦躁，感觉自己真是流年不利，工作生活简直一团糟。

算起来自己毕业进入公司也已经三年多了，却每天还是重复着同样的工作内容，职位也是始终没有发生过什么变化。看看其他几名同期进来的同事，除了跳槽辞职走了的以外，其他的都已经大小带个"长"，能自己独立负责一摊子项目了。

而最让人难堪的是，在每周的业务总结会议上，自己辛辛苦苦设计出来的方案，还屡屡被变态上司"铁娘子"宋颖作为失败案例拿出来从头批到尾，被说得简直就是一无是处的垃圾。

要知道，这种场合，一般是会选择刚毕业的新手拿来"蹂躏"的。而自己，明明都已经快能算是部门最老的"老人"了，还要遭受这种侮辱，简直是不拿自己当人看啊。

每次从"铁娘子"的嘴里听见自己名字的时候，都感觉自己那点可怜的自尊心和所剩无几的面子，又再次遭受到了残酷地羞辱和伤害。真想直接跳起来指着那个老女人的鼻子大骂一顿，把资料往她面前狠狠一摔，然后大声宣布"大爷我不干了，你们都给我滚一边儿玩去！"

可天长日久，"铁娘子"已经在王晓燕的内心深处积威深重了。每次气愤之余，王晓燕还在集聚抗争的勇气，那边人家"铁娘子"已经开始动手拆、删除、重新组合自己的资料。看着焕然一新的方案，确实是比自己那堆文字材料要简明扼要、逻辑清晰得多。

如此这般，面对"铁娘子"的指责，心里不免也会觉得有些惭愧。这样一来，刚刚好不容易集聚起来的那么一点点勇气，又在"铁娘子"的强大气场之下四处溃散开来，只能继续怯懦地忍受这种备受摧残又无从反抗的煎熬日子。

如果单单是工作失利，那情场得意也行啊。王晓燕在大学里有个一直暗恋的学长，那人早王晓燕一年毕业，如今已经在业内混得风生水起。上次的校友聚会上，学长过来敬酒，王晓燕本来有机会告白的，可是由于不自信而过于紧张，不小心把手里的酒整个浇在了学长的大腿上。那场面简直是糗极了，估计学长大概心里已经对王晓燕产生了一定的心理阴影。那份长达数年的暗恋，就这样由于王晓燕的胆怯懦弱落得了个惨淡收场的结局。

其实，王晓燕是个十分朴实的农村姑娘。当初找到这份工作，是在招聘会上海量投简历，最后撞大运才被招进来的。所以，王晓燕自认自己一直都是非常惜福努力的，只可惜似乎始终入不了上司"铁娘子"的法眼。

看着不论在什么情况下都永远淡定从容的"铁娘子"，王晓燕打心眼里羡慕。

"铁娘子"本名叫宋颖，人其实并不老，比王晓燕大不了十岁。只是因为对部下业务要求严苛，有时就显得有些不近人情，所以大家私底下都叫她"铁娘子"。

王晓燕刚来公司的时候，宋颖就已经坐上了公司运营总监的位置。而现在他们这批人里面最优秀的，也不过才当上一个项目小组长。真不知道人家怎么能用那么快的速度升上去。王晓燕尽管不喜欢"铁娘子"，却也不会恶意去想人家有什么见不得光的手段。

因为，有一次赶上下大雨，王晓燕看见过"铁娘子"的老公来接她。那是一个看起来相当帅气而又气质稳重的男人，安静地坐在前厅的一角，手边放着一把黑色的雨伞。当宋颖走下来的时候，他很自然地迎了过去。两人之间没有什么言语交流，只是彼此相视一笑，却有种说不出的柔情。那画面王晓燕一直念念不忘，觉得这才是真正美好的婚姻与爱情。最要命的是，看着那样两个优秀的男女并肩缓缓而行，让人满心羡慕之余，竟然丝毫不会产生一点嫉恨的情绪。

平心而论，宋颖也不是多么容貌出色的女子，勉强算是中上之姿。可能是干管理工作的时间久了，反倒显得有些过于威严和刻板，感觉不到多少属于女性的柔美特质。不过，就是这样一个"铁娘子"，走在那样一个帅气男人的身边，竟然丝毫也不显逊色。

王晓燕不知道这样一个气场强大的"铁娘子"是怎样修炼起来的，只是她很羡慕那样的淡定从容，也渴望未来的自己可以一样拥有更加体面的工作和养眼帅气的老公。

理想很丰满，现实太骨感。目前王晓燕还是重复着做方案到深夜，还总是要不断反复修改，每天睡眠不足，顶着两个大大的黑眼圈挤公交车上班的悲惨日子。没有男朋友，甚至连个合适的相亲对象都没有，一个人寂寞地租住在郊区的一所简陋的小房子里。每个月还要为了那几十块钱的水电费，跟房东唇枪舌战一番。

即便如此，为了能尽可能保留下来一点自尊和面子，能在每周的总结会上少被"铁娘子"数落两句，每次方案做成之后，尽管夜已经很深了，眼睛也困得睁不开了，王晓燕还是会强迫自己尝试学着用"铁娘子"在每周总结会上拆解、重组自己方案的方法先自我批判、修改一遍。尽管一开始效果并不明显，王晓燕还是咬牙坚持了下来。

　　时间其实过得很快，忙忙碌碌之间，转眼就又是半年。这半年，王晓燕的方案还是被"铁娘子"说得最多的。只是，现在不再是像之前那样，每次都被重复指出着几乎雷同的问题。王晓燕有做详尽的笔记，每次修改前后的方案和总结会上"铁娘子"的每一句发言都记得清清楚楚。曾经被指出的问题，现在几乎都不会再犯。

　　在年底的最后一次总结会上，照例是用的王晓燕的方案。只是这一次，是作为成功方案推荐给大家参考的。

　　尽管"铁娘子"只简单用了"不错"两个字来评价这个方案，王晓燕却激动不已，会后甚至悄悄躲到卫生间里哭了一场。只有王晓燕自己才清楚，从"狗屎"到"不错"，自己究竟付出了多少辛苦。这一刻，以往承受过的所有羞辱和煎熬，似乎也终于体现出了应有的价值。

　　带着喜悦的心情，王晓燕度过了一个愉快的新年假期。甚至就连面对七大姑八大姨们的"夺命催婚一百问"，也觉得没那么难以应付了，依然可以保持着得体的微笑，一"是"了之。

　　新年伊始，王晓燕在自己的办公桌上，发现了一个厚厚的文件夹。里面按照时间先后顺序，整整齐齐排列着王晓燕每次在周总结会上的方案以及"铁娘子"的"朱批"内容。最后，是一张"铁娘子"手写的"新年寄语"。

王晓燕：

衷心祝愿你及家人在新的一年里幸福安康！

也祝贺你在以往工作中所取得的进步。

唯愿今后能不辜负这些艰辛和付出，不骄傲、不急躁，秉承你一贯的踏实和努力。

未来，期待你有更好的方案。也期待，未来会有更好的你自己。

宋颖

这个文件夹后来一直被王晓燕珍藏着，闲暇的时候总要拿出来反复翻翻看看。

后来每周总结会上，王晓燕的方案再没有被"铁娘子"点中过。每每看见新来的小姑娘们因为"铁娘子"的犀利点评，而羞愧得满脸通红，恨不得找个地缝钻进去的样子，就像是看见了那时的自己。

"其实也蛮可爱的。"有时候，王晓燕甚至会贱贱地想。

当然，能像王晓燕这么去想的毕竟只是少数，能像王晓燕这么坚持的也只是少数。所以公司里的年轻人总是来来去去，能够最终留下来的并不多。而王晓燕，如今已是"铁娘子"手下最为得力的干将。

工作上游刃有余了，时间一下子就显得空闲起来。除了业务方面的书籍，王晓燕也开始学习一些化妆、着装、礼仪方面的知识，整个人开始隐约显得有些不同起来。

就这样，王晓燕慢慢当上了小组长和项目负责人，也开始指导新人的方案，也开始被人指责太过严苛和不留情面。对于这些批判、指责的声音，王晓燕也和"铁娘子"一样，从来都不予理会。

随着自己业务能力的提升和担当工作范围的扩大，王晓燕的发挥空间不再只是局限于在公司内部，还经常会出席一些与其他公司合作的场合。妆容精致、服饰得体的王晓燕，置身于周围帅男靓女的人群中，凭借那一份强大自信支撑起的淡定从容，也渐渐变得受欢迎起来。开始不断有职位、收入看起来都不错的年轻男士主动找王晓燕索要名片，打电话相约吃饭了。

最终，一位"铁娘子"老公那般帅气而又气质稳重的男人成了王晓燕的男朋友。后来，又在双方全体家庭成员的认可和祝福下，携手走进了婚姻的殿堂。

在宾客人数控制在极少范围内的那场简约但庄重的婚礼现场，王晓燕特别邀请了宋颖携丈夫、孩子出席。就着曼妙的音乐、透明的玻璃杯和香醇的红酒，那一声"感谢"终于说出了口。

　　"你要感谢的不是我，应该是你自己。你今天的一切，都是你自己努力付出的结果。你已经足够好，足够匹配上今天所有这一切。未来的婚姻依旧需要用心经营，愿你能如同在工作上那样认真努力和幸运。"宋颖又给出了新的寄语和祝福。

　　行走在人生的旅途上，每个人都不可能一帆风顺，或多或少都会遇到几个命定的"贵人"。这些"贵人"并不是以笑容满面、亲切和蔼的形象出现。她们可能脸很冷、嘴很毒，甚至可能会处处针对你、为难你，对你横挑鼻子竖挑眼。重要的是，即便如此我们还是要坚定地沿着当初理想的方向一点点努力下去。因为，如果不去勇敢面对，我们又怎么会一点点改变成为自己梦想中的模样？

　　等到未来的某一天，当我们终于迈过了人生的这一个阶段，站到更高更远处再去回望这些前尘往事的时候，或许曾经的这些艰难困苦都已经变得风轻云淡。甚至还会在猛然间发现，多亏了当初那个毫不退缩、勇于面对的自己，才最终成就了今天这个更好的自己。

■ 破茧，才能化蝶（作者：心有林夕）

绚烂的蝶变，从来不会无故发生。每一位台上优秀的表演者，都经历了不为人知，痛并快乐的蝶变过程。因为有个绽放的美丽梦想，他们从来都把苦和泪藏在心中，在舞台上展现出自己最美好的一面。

巧涵是一个东北姑娘，东北师范大学毕业，学的是正正经经的英语教育专业。英语过了专业八级，教师资格证也早就拿到手了，毕业前还在东北师大附属小学实习了半年。这要证书有证书，要经验有经验。父母也希望巧涵毕业后走上考编的从教之路，可是小姑娘却偏偏一个人飞到外地，做起了大家惊讶又羡慕的自由舞者。

和巧涵之间的故事，开始于一年前。那时候，我在网站上找租房，刚拨通租主电话，显示号码属于黑龙江鸡西，便吓得立马挂了电话。同城租房，却出现个遥远特殊的号码，脑子里出现了各种电信诈骗的场景。挂电话后的两分钟，对方竟然回电了。巧涵当时一口热情的东北普通话，听起来不像坏人的样子。第二日，便和巧涵约着见面了。

第一次见面时，这姑娘正贴着面膜，一边拍打着脸上的面膜精华，一边给我介绍房子。原来，巧涵前几天刚从东北飞过来，租了房子，打算在合肥发展一段时间。一个人住两室一厅太奢侈，便想找一室友。

就这样，我和巧涵开始了合租生活。

说是合租，可是巧涵一个月里有半个月都是出差状态，还有半个月在舞蹈工作室里带课，每天早出晚归。这一年的 365 天，我和巧涵碰面的次数也不过几十次。

每天晚上，在我敷好面膜打算睡觉的时候，巧涵才回来。她还带着白天表演的浓妆，妖媚上扬的眼线，眨起眼扑哧扑哧的假睫毛，还有红红的口红。忙到深夜连服装都没来得及换的巧涵，经常裹着大羽绒服就回来了。

她像是有用不完的精力，卸妆的时候还打着节拍。一边对着镜子卸难卸的眼妆，一边还点动着脑袋，练习着完美的微笑。我看过巧涵商演的视频，她绝对是那一群姑娘里跳得最好，且舞台感和台上表情最好的一个。

原本以为巧涵从小习舞，是那种家庭条件好，被父母从小就开始培养的女孩儿。巧涵说，她也只是在大学时代真正接触舞蹈。出生知识家庭的巧涵，父亲从军，母亲从政。所以，尽管巧涵从小就非常喜欢舞蹈，在父母的严格要求和强制的引导下，巧涵从来没能系统学习过舞蹈。

直到大学，在正常的学习之外，巧涵有了更多属于自己的时间。她开始偷偷练舞，省下生活费报了一个肚皮舞的舞蹈班。利用晚上、周末和寒暑假的时间，坚持从零基础开始，一点点去认识，去学习舞蹈。

这是巧涵学习舞蹈的开始，和那些七八岁就开始学习舞蹈的孩子相比，巧涵开始的有点晚。因为之前没有舞蹈基础，在舞蹈班里，巧涵的学习进度要慢于其他人。

尽管巧涵对新课程，新动作的接受能力不如别的孩子，但是，在最后汇报表演时，巧涵总是跳得最好的那一个。别人的练习仅限于课堂中，而巧涵在课堂之外会花几倍的时间去练习同一个动作，去把一个舞蹈从头梳理，从节拍和动作的熟悉，到动作美感的把握。她并不仅仅在练习舞蹈，更是把舞蹈当成一门课程，一点点理解，去渗透。

从大一到大四，巧涵成为舞蹈班里上课次数最多，坚持时间最久的成员。也是成长最快、变化最大的成员。

她从零基础班，到成长班，再到飞跃班。巧涵的舞蹈天赋被一点点发掘，因为有所成长，所以更加自信。巧涵相信自己的未来，一定可以与舞蹈结伴而行。

因为心中有个舞台梦，巧涵并不像其他人，仅仅因为兴趣爱好，或者陶冶情操，把练舞当成正轨生活里的富余。她把每一节课程，都当成提升自己的机会，明白只有当自己真正擅长了某个领域，才有机会继续发展下去。要和舞蹈真正结伴而行，要做的便是不断充实自己，提升自己。

在大四的时候，巧涵已经从一个舞蹈零基础的小白，成长为可以代课的小老师了。

擅长肚皮舞的巧涵，已经能够靠自己的能力赚取生活费了。她靠带课的收入，不断给自己充电。买书、买视频、参加更专业的舞蹈培训。正是因为错过了儿时学舞蹈的最佳时期，巧涵明白自己要比一般人更努力，付出的更多，才能得到期望的回报。

大四那年的暑假，巧涵一个人从吉林长春到陕西西安。跑了两千多公里，经历了三十多个小时，为了参加女神宁佐寒的东方舞集训。宁佐寒，是中国东方舞的金牌导师。巧涵在舞蹈大赛中，见识了女神的肚皮舞，她那饱含感情和情绪的舞蹈风格，让巧涵深陷其中。从此，巧涵便想像女神一样，做一个灵魂的舞者，传递东方舞的魅力。

宁佐涵东方舞，是巧涵舞蹈之路真正开始的地方。在那儿，全国各地热爱东方舞的女孩儿一起，在这个除了舞蹈，就是梦想的地方，开始新的人生之路。

半个月的舞蹈集训，每天十几个小时的训练。凌晨六点的时候，她们起来练习基本功，做拉伸。到夜晚十二点的时候，姑娘们围在一起讨论舞蹈的动作分解。这年轻的热情聚集在一起，便是梦想实现最初的样子。

这群热爱舞蹈，怀揣梦想的姑娘们，自信而又美丽。她们相互分享着故事，又互相鼓励着，在这流汗不流泪的地方，为梦想的未来努力着。

原来，这世上从来不缺追梦的人，只是当他们发光发热的时候，才会被大家所关注到。在此之前，他们默默用汗水和泪水为梦想铺垫着。在每个人的成长过程中，都会经历这么一段时光，它像破晓前的黑夜，充满力量的黑夜，在黎明前潜藏着。终有一天，会以光芒万丈的姿态出现。

在这里，巧涵寻找到了新的力量，她深切感受到了东方舞的魅力与魔力，也更加明确了内心的声音。巧涵知道自己有多热爱舞蹈，有多热爱舞台，她最喜欢聚光灯打在脸上的感觉，为了这种感觉，她愿意放弃安稳的生活，放弃被规划好的路，跟着内心走下去。

心里的舞台梦，是巧涵坚持不懈的动力源泉。为了最热爱的舞台，最热爱的东方舞，巧涵决定要和自己赌一次。

毕业后的巧涵，不顾父母的劝阻，一个人从东北飞到合肥。和之前认识的几个学习舞蹈的伙伴一起，为了同样的舞台梦，选择了从艺之路。

有舞蹈教学经历，和舞蹈基础的巧涵加入了万达金孔雀舞蹈队，舞队在当地小有名气，经纪人也有省内各地商业演出的接洽渠道。就这样，巧涵成为了一名自由舞者。这里的舞台虽然不够大，观众不够多，但是在这每一个小小的舞台上，巧涵绽放着自己大大的舞蹈梦想。

自由舞者，并不像名义上自由，也没有看起来那样美好。实际上，却是份非常劳累的工作。在节假日，各地活动比较多的时候，巧涵和姑娘们跟着舞蹈队的大巴车，连夜赶场。结束一场演出后，经常没有时间休息，没有时间吃饭，在大巴上休息几个小时后，又得满血复活，精力充沛地出现在另一个场上。

去年的跨年日里，巧涵一连接了三场表演。从上午八点，到夜里的十一点，从合肥到蚌埠，再到六安，跨越了三个地市，一场接着一场，在大巴上解决了一日三餐。第一次在外地跨年的巧涵，连想家的时间都没有。

那一晚，巧涵一夜都没有回来。在第二日的清晨，翻朋友圈，看到巧涵在凌晨一点的时候发了条消息，简单的两个字：想家。

这是认识巧涵以来，第一次听她说想家。原来，这个姑娘和我们一样，也会想家，也会有脆弱的时候。

在凌晨五点的时候，想家的巧涵又满血复活了。她像平日里一样，画着舞台妆，穿着惊艳的舞蹈服，对着美拍俏皮地微笑。每到一个地方，每经历一个舞台，巧涵都会对着美拍，拍一段小视频。她就像一颗小太阳，永远活力四射，无限激情。

这颗活力的小太阳，在空闲的时间里，会安静得像白月光。巧涵喜欢去图书馆借厚厚的书，在空闲的时候，一边在阳台晒太阳，一边安静地看书。她的卧室里有个朝南的阳台，拉开窗帘，阳光洒在床上，洒在地板上，洒在书上。然后巧涵会准备好一份甜点当午餐，一天待在屋里，享受这难得的清闲。

她有个习惯，便是在睡前阅读英文原著。不管是偶尔的清闲时光里，还是连场的演出日，巧涵在睡前必定会阅读几段英文原著。巧涵说，这是为了在追梦时不浮躁，阅读会使人平静。而英语，更是自己学习四年的专业，在任何时候，都是不可以丢弃的。

年轻的巧涵，清楚地知道自己要的是什么，也清楚地知道自己选择的路，是布满荆棘的。

所以，她总是最努力的那一个。为了自己的英语能力不退化，她坚持每天阅读英文。为了让自己有能力接各种不同风格的舞台演出，她抽更多的时间，去练习新舞蹈。

作为一个原本非专业，又没有基础的孩子，巧涵仅凭着自己对舞蹈的一腔热情，义无反顾地选择了舞蹈之路。有舞台的地方才是青春，在舞蹈中绽放才是最佳的成长方式。就算在失意，在想家的时候，巧涵也从没抱怨过，从没后悔自己当初的选择。

巧涵从一个热爱舞蹈的小白，到一个专业的肚皮舞老师，再到广泛领域的自由舞者，这一路的成长，是一个厚积薄发的过程。旁人眼里，看到的是美丽又幸运的舞者。只有巧涵自己知道，因为始终坚持，战胜了重重阻碍，才会有今天舞台上绽放的自己。

人生的意义在于成长，而成长的意义在于蜕变，蜕变成一个更好的自己。就像每一粒种子，破土前都要经历深重的黑暗，每一个优秀的人在找到自己人生之路之前，都有段沉默又暗淡的时光。为了成长，你必须义无反顾。

■ 没有所谓失败，除非你不再尝试（作者：马晶旭）

在经历过很多事情之后，我们才发现——原来我们只是一个普通人。只能够做普通的事情，所谓的才华也并没有那么出众。

慢慢地，我们开始在面对挑战时露出了怯态。殊不知，人生中所经历的一切苦难，最终都会成为我们未来前进的基石。

失败所带来的痛苦，的确很可怕。但是，比失败更令人痛苦的就是——在成功前的一秒钟，你选择了放弃。

自媒体内的"大V"公众号，在这两年变得异常火爆。

有人辞职在家写作，光靠着读者们的打赏便活得有滋有味；有人凭借着爆款短文获得几十万的粉丝用户。

但是，总有人在成功前的最后一刻，选择了放弃。

年初的时候，朵朵与两个好闺蜜一起去吃了顿火锅。曾经在报纸杂志上发表过数篇文章的小雅，一边涮着羊肉一边分析着如今公众号的态势。

小雅对两个好闺蜜说："只要站在风口上，连猪都可以飞起来。反正我们三个工作都不忙，这个公众号也不会占据我们太多时间。"

小雅是朋友圈内公认的聪明女孩，按照小雅的计划依靠公众号成为女神，只是时间长短的问题。在小雅慷慨激昂的声音中，两个闺蜜都纷纷表示支持小雅的决定。三个人打算共同打造一个叫"姊妹"的公众号，想要借着如今的风口狠赚一笔钱。

小雅负责撰写公众号内的文章，而朵朵负责进行排版和推送。就连从未有过写作经历的大陶子，也决定报名参加写作培训班。争取早日写出爆款短文，为公众号添砖加瓦。三人沉浸在对未来的憧憬中，只待"一人得道，鸡犬升天"。

公众号运营的初期，朵朵分析了最近的爆款短文。小雅在看了朵朵的分析报告后，轻车熟路地写了几篇励志鸡汤文。也正是凭借着这几篇文章，"姊妹"公众号涨了将近一万粉丝。公众号运营初期的僵局，直接被小雅成功瓦解。

而那时的大陶子，还在跟着写作培训班努力地学习。老师对大陶子的要求也不高，只是要求她每天坚持阅读，晚上八点前提交一份两百字的随笔。别小看这两百字的随笔，对于刚开始涉足写作的大陶子来说，也是一项不小的挑战。

大陶子从刚开始的流水账日记，到越来越有深度的每日札记。老师开始逐步提高对大陶子的要求，两百字提高到八百字，又从八百字提高到了三千字。最后，大陶子每天都能够写出五千字的读书随笔。

伴随着字数积累的越来越多，大陶子发现自己的写作水平也越来越高。大陶子感受着从数量上到质量上的飞跃，开始尝试创作"姊妹"公众号内的文章。初始的几篇，大陶子创作出来的短篇点击率很低。看着惨不忍睹的点击率，她向朵朵和小雅虚心地请教原因。

小雅认为："写作这个事情，还是得看天赋。祖师爷不赏饭吃，你就算再努力写也写不出好文章。"

朵朵却认为："可能是我们公众号内的文章，给读者同质化的感觉太强了。开头的时候还有耐心阅读，但是时间一长都选择了离开。"

小雅无奈地摇了摇头，说："市面上那么多写鸡汤文的，大多收入都很可观。我觉得不只是文章的原因，像我们这种利用闲暇时间经营公众号的，本身就比拼不过那些有着专业运营团队的公众号。"

小雅和朵朵争执了起来，唇枪舌战间两人争得面红耳赤。小雅指责朵朵推送文章的时间有问题，而朵朵却指责小雅写的文章都是套路。

朵朵大声地嘲笑小雅，嗤笑小雅自己文章里面提到的那些道理，就连小雅自己都做不到。在文章内教授他人如何才能拥有高情商，结果小雅自己却说话从不经过大脑。小雅反唇相讥，不是身为飞行员就是自己要能飞翔的。只要读者中，有人通过阅读，而过上了更好的生活，那么，自己的这篇文章便算得上是成功之作。

在这次争吵之后，小雅与朵朵的关系变得很僵。小雅不再像以前那样和朵朵每天分析爆款短文，朵朵也不会主动去催小雅每日交稿。在小雅不交稿子的日子里，大陶子的短文开始成为了"姊妹"公众号的主力军。小雅看着没有自己也能够依旧运转的公众号，开始有了其他的想法。

其实，小雅觉得自己与其浪费时间、精力去打造一款新的公众号，不如凭借着自己深厚的写作功底加入"大Ｖ"的公众号中。起码，"大Ｖ"那边给出的稿费可

／ 第三章　学会和懦弱的自己说再见 ／

165

是真金白银。而自己运营的公众号却始终只是无偿付出。

小雅的心结打不开，被失败耗竭了所有的热情和活力。就像是一台老旧的电脑，任性地选择死机作为自己失败的借口。其实，在面对失败时，最好的解药就是接受和坚持。接受自己的不完美，不会因为失败而否认自己。坚持自己曾经的梦想，收拾好满身的消极情绪。

终于，朵朵在其他的公众号上看到了小雅的文章。朵朵气急败坏地打电话给小雅，质问她为什么不给自己的公众号撰文，而去给其他公众号进行撰文。

小雅慵懒的嗓音从手机内传出："写作终归就是我的一个赚钱手段，同样的爆款短文放在我们公众号内一毛不值。但是，在这边的话是可以直接成为我的实际收入的！成功的公众号毕竟只是寥寥几个，那么我为什么不能够选择更可能成功的平台呢？"

这番话，气得朵朵摔门而去。一旁的大陶子急得也涨红了脸，她望着朵朵离去的背影，独自枯坐了一夜。她的回忆中，分明还停留着三人一起组建工作室时的温馨场景。氤氲的火锅香气甚至都还萦绕在房屋顶部，"姊妹"公众号却已然走到了生命的尽头。

大陶子深知自己的写作水平不及小雅的一半，但是，事到如今也只好接过了"姊妹"公众号撰稿的重任。大陶子与朵朵仔细地分析了"姊妹"公众号的读者画像，一致觉得必须要逐步提高公众号内的文章针对性。再鸡汤的文章，如果在暖心之后，令读者一无所获，那么，写作的词藻再华丽，也是毫无意义的。

令读者认同的永远不是文章本身，而是通过文章能够汲取到的东西。

大陶子费尽心思雕琢文字，真诚地写出赢得读者认可的美文。"姊妹"公众号的点击率和粉丝数节节攀升，越来越多的自媒体同行开始向大陶子讨教写作的经验。大陶子在朵朵的建议下，开设了"如何写出影响大传播广的10w+公众号文章"培训班。

当小雅在新的自媒体公司转正时，看到了"姊妹"公众号写出的"10W+"爆款短文。小雅的上司让小雅去采访这个自媒体界的黑马，小雅的手指捏紧了笔记本，骨节咯咯作响。

当小雅来到"姊妹"公众号办公室外时，正好遇见大陶子在接受另一家视频网站的采访。小雅停住脚步，望向屋内志得意满的大陶子。

大陶子面对镜头历数在着"姊妹"公众号的种种经历，最后，大陶子甜甜一笑，说："凡事都没有所谓的失败，除非你自己放弃不再尝试。"

小雅手中的笔记本滑落到了地上，她曾经距离成功只有一步之遥。但是，却因为经不起金钱的诱惑，而放弃了唾手可得的成功。

无力感再次涌上了小雅的心头。刚刚在新工作中找到的自信，又瞬间消失殆尽。小雅迷茫地回忆着过去。自己的才华和灵气是毋庸置疑的优秀，只是自己在面对成功时少了一点坚持。

也就是这一份坚持，一步一步地拉大了她与大陶子之间的差距。也正是因为大陶子拥有这一点儿坚持，最终取得了胜利。如果，时间能穿越，小雅真想穿越回过去。给那个自作聪明的自己，狠狠一记耳光。

当知识开始市场化，每个人所掌握的独特才华都被明码标价。有些人擅长制作精美的PPT，有些人擅长绘制可爱的插画。只要巧妙地借助互联网这个平台，便可以轻松赚到钱，实现自我增值。想要不在回忆过去的时候，动辄感叹"如果当初怎么样，现在便可以如何如何"，那么，就得在面对失败时，依旧有愈挫愈勇的毅力。

人生，最怕的便是自作聪明。你以为是明智地选择了止损，其实是主动选择了失败。生活的密码，有时候只是一份愈挫愈勇的精神。不会去计较曾经失败了多少次，更不会用自怨自艾打败自己。

我们从小就被教育，做事情一定要坚持到底。只有坚持到底，才不会枉费所有的努力。也只有坚持到底，才能够令自己不留遗憾。

人生的逆袭，从来都不会在怀疑犹豫中成长。想要开了挂的人生，那么就得撸起袖子加油干！

■ 相信生活会越来越好（作者：于杨）

我们都是平凡人，尽管扮演的角色不同，使命和责任不同，但彼此所承受的苦痛从未少过一分。把坏的事情当做一种必走经历，当你处于最糟的环境时，接下来的一切都会是美好的事情。

小晶是我朋友圈里最穷的女生，却也是最有骨气的女汉子。穷是因为她的命运，而骨气是自己面对生活唯一的依靠。

小晶出生在一个贫困县的小村庄里，和我同样的年纪，却比我坚强许多。小晶对于家的概念，不是住多大的房子，有多少玩具陪伴，而是只要和父母在一起就是家。

小晶出生那年，姥姥和姥爷因病相继去世。他们临去世前，只留给小晶父母那栋破旧不堪的老房子。到现在小晶的父母依旧住在那里。

小晶的妈妈本是小学老师，可学校因资金不足，被迫拆除，妈妈失去了稳定的工作。爸爸是环卫工人，这个家仅仅靠着爸爸每月1000多块钱的收入维持平时的花销。妈妈体弱多病，只好在院子里种些蔬菜，待成熟后，拿到集市上去贩卖。

日子一天天过去，虽然家里过得拮据，但父母对于小晶的学习，从未节省过。从小学开始，妈妈就让小晶去学习钢琴，去学二胡，希望把小晶培养成一个多才多艺的姑娘。小晶很懂事，懂得父母不易，于是便学得分外努力。钢琴已经十级的她，因为在文艺方面的突出成绩，而让自己和他人不同。

今年小晶大四，她说等毕业后只能一年回一次家，没有了寒暑假，和父母见面的次数越来越少。那是小晶第一次和我说起自己的家事，作为听者的我，替小晶感到辛酸。原来小晶心里藏着这么多的事儿，小小的肩膀竟然承受着巨大的责任。我终于懂得小晶为什么把自己弄得如此疲惫，却还一直坚持。因为她的理想需要自己去实现，家里的未来更需要她去创造。

后来，姥姥姥爷留下的房子，被舅舅占有了，按照现代观念来说，儿子女儿都应该是平等的，也都应有遗产继承权，但却因为他们所在的家乡那些所谓的传统思想，老人的财产都属于儿子，而让舅舅将房子霸占。

妈妈年轻时曾为那个家付出了很多，因为家中贫穷，且孩子多，妈妈失去了上学的机会，任劳任怨地开始务农，为供自己的姐妹念书而奔波劳作。现如今小晶的姨妈们都有稳定工作，住在小公寓，不愁吃不愁穿安然生活着。而小晶的父母却面临着搬出这个老房子，去外面租住的日子。父母生活了近五十年的房子，因为一个老旧的观念，就不属于他们了。这样的现实，让小晶的父母心有余而力不足。

小晶的父母本不想让她知道，却被她偷听到。知道事情原委后，小晶跑到离家不远的山坡上，感受凛冽的寒风，眼里饱含滚烫的泪水，仰望蔚蓝天空，还是忍不住一个人嚎啕大哭起来。她对着荒草丛生的大地拼命嘶吼着，尽情发泄着生活的不易，已经筋疲力尽的她，又跑到姥姥的墓地，跪在姥姥的墓前，和姥姥倾诉着，希望姥姥在天之灵能保佑全家安好。

如果说一切往事，破旧不堪地出现在你面前，现在的你，会有心思去收拾吗？你还有多余的力气去摆平那些来势汹汹的坎坷吗？而小晶这个柔弱的姑娘，却独自承受着一切，她别无选择，只有坚强地活下去。

小晶在姥姥的墓前，说起小时候的往事，说着父母的辛苦。或许小晶知道姥姥会陪伴她，夜幕降临，小晶竟未感到一丝恐惧。在小晶的身上，所有励志的词语形容她都略显苍白无力。生命不息，拼搏不止。小晶明白自己拥有的一切都来之不易，所以小晶很珍惜自己身边的朋友，珍惜自己努力的劳动成果。或许生活欺骗了她们，但小晶和父母在彼此的陪伴下，生活很节省，精神很富有。

小晶上大学的几年，几乎没有和父母伸手要过钱。小晶打工从来不分是做什么，就算是搬砖，她也尝试过。小晶说："在外面我可以像男孩子一样独立，不想给父母任何负担。"虽然小晶有时间去做兼职，但学习成绩丝毫未受影响。

我不能原谅谁对命运投降，谁都不可以对自己的生活说"不"。就算生活百般阻挠，也要调整自己的心态，坚持下去。所有坏的事情，总会被暖阳所感化，用力生活的人，会被上天所疼爱。

小晶那天晚上和我说了很多，有些绝望，但小晶的复原能力比谁都强。第二天小晶和我说，再多困难都不会打倒她，日子继续过，换一个地方，可以开始新的生活。

即使生活里有太多的荆棘，我们也要成为一名合格的园艺师，用自己的力量去修剪，相信荆棘里也会开出最鲜艳的花。

曾经的我，像散落在野地里的沙，守护最后的倔强，坚定地走向未来的路。人生不就是在绝望中寻找希望的过程吗？生活在于拼搏，在于你要催促自己快速成长，努力奋斗，让自己不再是谁的累赘，而是成为父母的骄傲，让我们活成自己渴望的样子，不再被现实打压，并扼制住命运的喉咙。

后来，小晶凭借自己的努力，通过校园招聘，找到了一份大学老师的工作，拿着一份不错的薪水和父母在另一座城市里简单幸福地生活着。

小晶说，自己工作稳定，父母健康，这是她最大的心愿，如今已经实现，算是上天恩赐，也感谢曾经的自己一路的坚持和执着。

我把手心里的滚烫，送达星空，变成最执着的勇敢，用自己的力量去保护爱的人。小晶曾看到妈妈的泪滴，刺痛着她的心。我知道小晶已经长大，她不曾惧怕现实的催促，脚踏实地坚强地活着。

没有走不到的远方，所有的经历都会是你未来的方向，去和命运抗争吧，这样的人生才有意义，去和生活决斗吧，这样的人生才无怨无悔。

毕业后的第三年，再次见到小晶，她笑得有些傻，从她的言谈举止，看得出这几年的努力。她多了份成熟和稳重，老师的工作还在继续，寒暑假依旧会去饭店打工，因为家里特殊原因，政府在积极做工作，生活补助在上涨。一切都向着好的方向发展。听到这些，心中多了些欣慰。终归努力的人有了归宿，虽然小晶还是每天重复着同样的工作和生活，但她们的日子有了起色，所有的坚持和努力也算没有白费。

我相信每个人都会有一段令自己刻骨铭心的日子。那段时间里，你会随时有想放弃的情绪，你会在某一刻怀疑自己，迷茫无助，带着无数的疑问和留恋，经历着遍体鳞伤的疼痛，拼命走到今天，但当你看到一切都在改变，你也在成长时，便会理解和释然，感谢生活的千疮百孔，感谢命运，磨练出一个更好的自己。

我看着黎明夜色，街道灯火通明，变得冷清，剩下沸腾的热气透过窗子散布到每家每户。我站在十字路口，仰望星空，心里的感触如泉水涌动。

出身改变不了，剩下的只有自己去拼，相信面包和牛奶都会有的。别抱怨生活有多难过，比你优秀的人很多，抵不过命运捉弄的人也不在少数。被生活牵绊，有时候只剩下无奈，被命运割破了通往梦想的脉搏，却依旧坚信生活里一定会有属于自己的希望。

■ 华丽地跌倒，胜过无谓的迷茫（作者：花与初桐）

在这个世界的我们，每天行走匆忙，忙着学习，忙着工作，忙着生活，又不小心会摔倒，然后难免失落，或者还会受到嘲笑。可是，摔倒了又怎么样？至少做了，比起什么都不做的迷茫，摔倒后又站起更让人敬佩。

陆明和南乔是从小到大的好伙伴，从小在一起玩，在一起疯。陆明待南乔如亲妹妹一般，小时候，家里人给陆明买很多好吃的，陆明在和南乔玩的时候，都会给南乔分享一点。

陆明的家境相对于南乔要好很多。如果说南乔的家境是小康，那么陆明可以说是富二代了。巧的是，他们不仅从小就是好朋友，而且还小学在一个班，初中在一个班，高中依然在一个班。在所有人看来，他们如情侣，但是实际上他们两个人对彼此并没有那种想法，他们只是朋友，一种纯洁的友谊，这种纯洁友谊背后是两个人一起努力的过程。

相较于陆明，南乔的读书生涯要比较坎坷一些。

高三的时候，有一次陆明和往常一样，背着书包去学校，然而他却发现南乔并没有按时到教室。一开始陆明以为南乔只是迟到，然而一节课过去了，南乔的位置上还是没有人，两节课过去了，依旧如此。

中午放学的时候，陆明问一位女同学，他说："你知道南乔今天怎么了吗？怎么没有来上课？"女同学不明所以地看了看他说："我也不知道，老师没有说，你和她关系这么好，你都不知道，我们怎么会知道？"

陆明的脑海里开始猜测：难道南乔生病了？家里发生了什么事情吗？

下午上课的时候，班主任来到了教室，神情严肃，双手撑在了讲桌上，似乎是要宣布什么事情。班主任语气有些沉重地告诉大家："你们的南乔同学因为家庭因素，她的家长也来到了学校，要求退学。"

话音落地，教室里一片哗然，很多同学都不敢相信，在高三这么关键的时候，竟然还有人选择退学，也有一些同学嘀咕着："像她这样的差生，也许退学去找工作是个好归宿。"

可是，陆明根本想不到南乔会做出这样的选择，他吃惊不已，背着书包，冲出教师。所有人的目光都朝向了他。班主任大声地喊他回来，但是无济于事。

陆明拦下了一辆出租车，目的地是南乔家。到达的时候，南乔的父亲正好在家。陆明询问南乔为什么会辍学，南乔的父亲那爬满皱纹的脸上露出一丝丝无奈，眼里闪烁着泪光。

在陆明的追问下，南乔的父亲说出了南乔为什么不去上学的原因。原来南乔的母亲得了癌症，家里花光了所有的积蓄。南乔是个懂事的孩子，她知道现在就算是考上大学，也付不起上大学的费用了，而且她的母亲还在医院躺着，家里已经负债累累。

南乔父母自然希望女儿能把书念完，可南乔却觉得自己应该为家里尽力。为了不让母亲担心，南乔只告诉了自己的父亲，连学校老师也是从南乔口中听到了她自己的决定。

陆明知道南乔一直是有主意的女孩子，但这样的决定又怎么能听之任之？

在南伯伯的告知下，陆明找到了南乔妈妈所在的医院，找到了正在照顾母亲的南乔。

看见陆明，南乔一下明白了他的来意。两人走出了病房，坐在大厅的长椅上沉默了很久。

看到南乔的眼神没有曾经明亮，陆明更深切地明白了南乔现在的处境。

许久，南乔才低着头开口道："我的事情，你应该都知道了吧。我知道你要说什么，但是命运总是让人猝不及防，有时还没有等到你好好地去实现自己的梦想时，它就给你当头一棒，留给你的只有选择，而这样的选择是你迫不得已去做的。陆明，你不用安慰我，我辍学没什么大不了，我的成绩本来就不好，再说家里出了这样的事情，我只有慢慢照顾母亲，反正也成年了，也许过几天出去找份工作，还能帮母亲治病。"

那一刻，陆明的眼眶湿润了，这是第一次，陆明当着南乔的面回忆他们一起走过的童年："南乔，你记得吗？我们从小一起长大，我们一起疯，也一起努力，你跌倒了我扶你起来，你生病了我陪着你，你课程落下了我帮你补，如今，你遇到了困难，却选择了逃避，难道你真的甘心放弃自己的前途吗？

"每一个人都会遇到苦难，但这绝对不是退缩的理由。的确，命运会让人猝不及防，但是命运也不会亏欠任何人，只要看开了，头顶就是一片蓝天。你可以抱怨命运的不公，可以咒骂命运的无情，但是骂完了还是要向前看。

"你拥有那么多同学，拥有我这样的挚友，拥有爱你的父母，更拥有父母和病魔抗争的勇气陪伴，你可以说前方荆棘密布，却不能说前方没有路，你不想走了。作为父母，伯父伯母肯定希望你学业有成，你任性地放弃了学业，前途没了希望，父母对你的付出也付之东流了。所以，为了他们的心血，为了你自己，不要跌倒，勇敢站起来，坚持翻过这座山，你就一定能看到不一样的风景！"

南乔没想到陆明会说出这样的话，只是心中的固执还未放下，她无法当场给陆明答复。陆明自然明白南乔的纠结，留下一句"明天，我希望在教室看到你！"，而后走出医院，给南乔留出了独自思考的空间。

第二天，陆明带着期许来到学校。不过，班主任还没从昨天的事情中缓过来，径直把陆明喊到了办公室，就他旷课去看南乔的事情做了一次教育。陆明知道自己昨天的确有些冲动，接受了批评后，规规矩矩地回了教室。

不过从教师办公室出来的时候，陆明却看到了南乔的身影。

陆明的嘴角露出了一丝微笑。南乔走进教室，坐回自己的座位。回头看陆明的那一刻，南乔笑了。那一刻，他们心里都明白了一个道理：其实人生中，没有什么过不去的坎，只是你愿不愿意去接受现实，并勇于挑战现实。

高三生活无疑是艰辛的，紧张的，甚至犹如地狱一般，这是每一个读书人的必经之路，它也必将属于我们每一个追梦人，迎来我们的会是风雨后的彩虹和成功的喜悦，有人曾如是写道"不放弃自己的信念，勇往直前，因为梦在不远的港湾。"

为了让南乔有更多的时间照顾在医院的母亲，陆明每天都会帮助南乔总结功课的重点。晚上要是有空，陆明也会陪着南乔一起去医院。

慢慢地，南乔在班级的成绩有了些许起色。

距离高考只有一个月的时间，陆明和南乔依然并肩奋斗着。每天，陆明都会约上南乔晨跑，然后一起去学校上课，放学后则一同到医院看母亲。

这样的生活一遍又一遍地重复着，在所有人看来，那是枯燥无味的，但是熬过去，就是柳暗花明。

终于等到了高考这一天，在去考场前，陆明送了一只精美的笔给南乔，希望南乔能战胜自己，战胜高考。高考成绩出来的那天，陆明考上了名牌大学，这是所有人预料中的事，而南乔却落榜了，只能选择复读一年。

陆明去大学的时候，南乔送他去车站。陆明看着落榜后神色依旧坚强的南乔，认真地说道："我相信你可以的！记住，华丽地摔倒，胜过无谓的迷茫！"

南乔眼里闪过一丝晶莹，脸上的笑却灿烂无比。

春去秋来，复读这一年，没有陆明的照顾和指导，南乔只能自己一个人默默地努力。日复一日，南乔认真地把书中的知识一点点吃透，直到书上的红圈圈全被一一解开的时候，南乔终于在第二次高考后，收到了二本院校的录取通知书。

兴奋不已的南乔，第一时间将自己被录取的消息告诉了远在北方的陆明，陆明高声祝贺她，两人大笑了几声。

因为距离的限制，南乔和陆明过去这一年的联系并不太多，所以，祝贺后的对话都是陆明对大学生活的描述和南乔的憧憬与向往。

挂断电话，南乔看着墙上母亲的黑白照片，舒心地笑了。她知道，已经离开的妈妈，也一定知道了她的这个好消息。未来，无论有多少荆棘坎坷，她都会勇敢跨过去，哪怕跌倒了，只要爬起来继续往前走就好。因为华丽地摔倒，胜过无谓的迷茫！

也许对于这个世界上的每个人来说，正在经历着种种困难，种种徘徊，但是请你相信，华丽地摔倒，胜过无谓的迷茫。

第四章　○

迈开双脚，用行动丈量未来　●

　　有梦想就要勇敢踏出步伐，只要在路上，就是离你的梦想又近了一步。哪怕梦想遥不可及，只要你坚持不懈，未来也一定会是美好的！

■ **外面的世界更精彩**（作者：心有林夕）

　　上一次有想看看世界的冲动在什么时候？最近一次迈开脚步，追寻梦想又在什么时候？生活是否已经固化了我们的梦想？我们被现实的生活捆绑着，却不知，挣脱现有的生活，将会看见更精彩的世界。

　　唐杰是我高中同班的一个同学，也是毕业这些年里，走得最远的一个人。他的精彩之处，在于由内而外的自信和拼搏力，这些年他改变很多，没变的是作为曾经最优秀的短跑手，那种不顾一切的冲劲。

　　因为多年未见，对唐杰最真切的印象，还停留在七年前，那会儿他是班里的体育委员，也是班里个子最高的男生。他头发留得很短，看起来清爽帅气，很受女生欢迎。

　　我作为当时班级里埋头读书的乖乖女，和唐杰的接触不多，却也默默关注着那个男孩。他似乎有种吸引人的魔力，那是一种无论何时都自信坚毅的个人魅力。

　　因为个子高，唐杰一直坐在班级的最后一排。身为运动健将的他，非常擅长短跑和跳高，在高中三年的运动会上，为班级争得了好几个冠军。那时候我就觉得这个男生有股不服输的冲劲，看他在百米赛道上不顾一切地冲向终点，整个人都充满着青春的荷尔蒙。全场为这个最优秀的短跑手鼓掌，他成为学校短跑界的神话。

　　擅长体育的唐杰，文化课成绩却始终处于中等偏下的水平。因此，唐杰在高三选择正式成为一名体育生后，唐杰待在班级和我们一起上课的时间就变少了。一天的大部分时间，他和班级里的其他三名体育生一起，在操场接受训练。每次当我们结束上午的最后一节课，准备去食堂吃饭的时候，唐杰才从操场回来，他手里提着外套，脸上是高强度运动后的汗水，有时候，他会一瘸一拐地拐进教室，一大群哥们围过去关怀。才知道，他又肌肉拉伤了。

肌肉拉伤，腿部抽筋，外皮损伤，这些对于身为体育生的唐杰来说，是家常便饭。高强度的训练，一不小心，就会受伤。

唐杰绑着纱布，瘸着腿的时候，仍然是个乐观爱笑的大男孩。他开玩笑说，自己绑着纱布，一瘸一拐的样子肯定很"Man"。从操场这一路回来，已经有无数个女孩，向他投来了热烈又爱慕的眼光。那些哥们就会骂他"臭屁"，一个"残疾人"还死不正经。

这个爱开玩笑，有些自恋，看起来永远精力充沛的短跑手，其实一开始，就在为自己今后的人生谋划着。

高三后期，这个大男孩似乎是找到了自己梦想的据点。在我们只是为了高考考个好大学，而确切并不知道想去哪里，想上哪所大学的时候，唐杰就明确了自己要去海南师范大学的目标。他想去海南，去大中国的南方走一遭。

有冲劲的短跑手，一旦认真起来，就是谁都阻拦不了的。后期的唐杰一心扑在学习和训练上，只为了能考上海南师范大学，去见识这个令他向往的城市。多少个伏案苦读的夜晚，多少个挥汗如雨的训练日，他比我们流了更多的汗水。当然，这个大男孩的海南梦也实现了。

高中时代就是这样，学习虽然不是唯一的出路，却是见识世界、改变自己最正确的途径。如果说大学四年是人生改变最重要的时期，那高中时代便是这改变有所发生的保证。毕业之后，梦想会变得遥不可及，哪怕你付出再多，也可能与梦想背道而驰。学生时代，真正诠释了"知识改变命运"这句名言，只要你愿意一心学习，努力接受知识，知识的力量会带着你飞向梦想之地。

升入大学后，和唐杰就断了联系。只知道那个大男孩去了海南，接下来的一切都成了谜。我们每个人都就此分别，进入新的环境，开始了新的故事。对唐杰的印象戛然而止，他在我的心中一直保持着那个优秀短跑手的形象，他自信，乐观，敢拼敢闯。

再一次听到唐杰的消息，是在三年前。闺蜜告诉我，唐杰的父亲出了意外，突然离世。我能联想到的只有那个擅长短跑的体育生，还有失去顶梁柱对一个家庭莫大的伤害。那时候我没有唐杰的任何联系方式，两个人也失去联系多年。对于这个消息，只当是个消息。我想象着这个大男孩现在的样子，他肯定像个男子汉了。

家庭变故，总能让一个人一夜长大，哪怕他还是个孩子，也会在一夜之间明确自己的责任，逼着自己去做一个男子汉。从那以后，唐杰成为家庭里唯一的男人，成为母亲唯一的依靠。那个时候，唐杰正大四，处于校园社会的转换期，一度想为了减轻家里负担的唐杰，打算找一份普通的工作，去为了支撑家庭而努力工作。

在我以为他像我们大部分人一样，毕业后干着普通工作的时候，却发现这个曾经的短跑手已经跑到了大洋彼岸，成为了田纳西州立孔子学院的一名汉语教师。

我翻着唐杰的朋友圈，试图了解一个短跑手这些年的经历，他像一个传奇，激起了我无限的好奇心。在什么时候，他去了泰国助教，在什么时候他参与了世界杯的秩序维护，又在什么时候他远赴了北美？当这精彩的人生出现在身边人身上的时候，才觉得这世界是多真实，那外面世界的精彩，原来并不遥远。

读完海南师范大学的本科后，唐杰在母亲的支持下，继续了学业。母亲告诉他，人这一辈子总是逃离不了工作的，不如趁年轻有热情的时候，多学点知识，接触更多的东西，去为了内心真正热爱的东西努力一次。

原本打算结业工作的唐杰，下定了考研的决心，他把考研当成一场短跑，从起点到终点，他一路坚持，一丝不苟，直到冲向终点。这个短跑手非凡的毅力和冲劲是他成功的关键，最终，唐杰考上了杭州师范大学的研究生，也从本科的体育社会学，跨专业转向了国际教育学。这也是唐杰走向外面世界的一个开始，从此，这个短跑手便开始了国际教育之路。

对于一次跨专业的考研，唐杰说是为了离世界更近一点，他想去外面的世界看看，趁着年轻，去体会这世界上更多的精彩。

印象中，唐杰的英语成绩并不好。高中时期，他的英文发音不准确，英文单词的拼写也经常出错，ABCD的选项经常乱填。满分 150 分的试卷，90 分的及格分对唐杰来说已经算是高分了。就是这样一个英文并没有天赋的孩子，为了出国看看世界，狂补英语。他知道，学好英语是走出去的前提。于是便拿出了在赛道上百米冲刺的决心，去挑战，去战胜这门语言。

没有什么是这优秀的短跑手战胜不了的，他攻克了英语，并且不仅限于书本试卷上无声的英语。唐杰每天跟着广播学专业的美式发音，不放过每一个能够锻炼口语的机会，渐渐地，这个并不擅长英语的大男孩，已经能熟练使用英语与各国的伙伴们交流了。他结交了来自世界各地的朋友，在世界这个大圈子里，领略着不同文化的风采。

在我们躺在床上玩手机，翻朋友圈，翻微博，刷抖音的时候，大洋彼岸的唐杰正在参加美国人家的周末聚会。一家七口幸福的家庭，金色长卷发的可爱姑娘，爱做鬼脸的淘气男孩，唐杰站在他们中间，牵着主人家的卷毛狗。当大洋彼岸遥远的世界，和曾经熟悉的人联系到一起，这感觉不真实得像是做梦。

不知道从什么时候开始，外面的世界对于我们，仅仅存在于游记里，存在于屏幕和朋友圈里。曾经向往外面世界的我们，慢慢被现实的生活禁锢了梦想的脚步。做一个平凡人，过着平凡的生活，为了生活而工作，为了更高的物质享受，我们已经从一个个不同的个体，变成了相似的群体。两点一线，家庭、工作，人们已经忘记了内心曾经的追求，忘记了对自由的向往和对外面世界的渴望。

如果擅长短跑的唐杰，没有一个认识世界的梦想，仅仅满足于平凡的生活，那他可能会成为一名体育老师，或者健身教练。会像我们大多数人一样，接下来的大半人生都困于工作和生活，也没有机会去亲眼见识这更精彩，更不一样的世界了。他会在早上九点和晚上五点的时候，和城市里大部分的年轻人一样，挎着公文包，带着急躁又疲惫的心情不断赶路。

这世界太急躁了，急躁得让你必须马不停蹄地赶路，去为了更好的物质生活，不断地放弃内心追求，去索取生活资料。你要练就自己可以不断奔波的双腿，不是为了旅行，而是为了赶生活。你要练就自己不会疲倦劳累的双眼，不是为了看风景，而是为了察言观色。

唐杰说，他感恩上天，让他不仅能吃得饱穿得暖，还能够做自己喜欢的事，让他走进了自由的新大陆，能够在年轻的时候见识这精彩的世界。

其实，唐杰要感谢的是他自己。因为他一直都知道自己想要的是什么，他永远精力充沛，为了理想之地乐此不疲。哪怕生活会给他意外地开个玩笑，他也从不被生活打败，始终坚持，坚持走向更高更远，更精彩的地方。

那个唱着"外面的世界很精彩，外面的世界很无奈"的吉他手，用沧桑的声音唱着远方的无奈，那他肯定也曾是个自由的奔跑者，奔跑着环绕世界，在见识了无尽的精彩之后，开始向往安稳与平静。这个吉他手老了，在年老之前，能够见识一番这世界的精彩，才能体会热烈生活之后，终归平静的人生真谛。

亲爱的年轻人，千万不要因为外面的世界里有些许无奈，而停下了奔跑的脚步，只有奔跑，才能看见更多的风景，认识更多的人，体会更多的精彩。

■ 纵使风吹雨打，也要勇往直前（作者：松尤）

上天在每个人的人生中都设了很多的关卡，如果你觉得你的关卡比别人的多，那你一定要相信，上天给你的蛋糕一定比别人的大，同时你也要记得：在你得到蛋糕之前，一定要咬紧牙关坚持下去，不管是风吹还是雨打，一定要勇往直前。

从那个铁饭碗公司辞职之后，我的家里彻底翻天了！

公公婆婆知道后，特地跑到我家里，老人不好明面上批评我，只好暗戳戳地问我："香啊，你这休息多久啊，什么时候还回去上班？"

我告诉他们："我不回去了，我要去蛋糕房做蛋糕。"

这不是我的临时起意，而是一场预谋已久的叛逆。我从小就是极听话的那种孩子，听话地考一百分，听话地不跟父母认为的那种"坏小孩"玩，听话地读重点中学，重点高中，重点大学，重点专业，最后听话地找到了一份在父母看来是不可多得的好工作。

我的小半辈子，都在听话地为别人而活，而我真正想做的，从来都没有被允许说出来过，我，一直都没有做过任何我想做的事！

在我辞职之前，我一直觉得，那无可奈何的才是人生，可后来每每见着旁人有着奋不顾身的勇敢时，竟还会觉得，我本该是像他们一样勇敢的，本该不是现在这种畏首畏尾的模样的，不该是一身的暴躁与平庸。

所以，这一次，我一定要勇敢一回，哪怕生活会给我无数的风吹雨打，我也要勇往直前。

公婆走后，紧接着来到我家里的是我的父母，两个半百老人坐在客厅里一言不发，最后还是我妈先哭了起来："你这个小没良心的，我们培养你到现在，我们容易吗？你倒好，你去学做面包，这都是什么人干的活你知道吗？你名校研究生毕业你去做面包，你这是成心要气死我！"

你看，他们总是这样，总是自以为是地安排我该做什么，不该做什么，我的人生是他们的，我不该反驳，我也没有反驳的权利。

不仅我的父母公婆跟我着急，甚至就连那个我认为跟我的生命紧密相连的丈夫也跟我生气，他埋怨我不成熟，埋怨我不顾家，他让我赶紧回公司看看过几天能不能重新上班。

在我最需要鼓励的时候，这些聪慧的大人们都在考虑利益，没有任何一个人来问问我：真的决定了吗？那你要考虑好哦！只要你决定了我们就是你最大的后盾。没有，没有一个大人这么说，从始到终只有我七岁的女儿会在我差点绝望的时候，抱抱我，说："妈妈，那你要加油啊，我最喜欢吃蛋糕了！"

我生命中的无数时刻都少了一位英雄，我少了这个英雄来牵牵我的手，告诉我勇敢地、大胆地向前走啊！还好，我现在有了，我的女儿就是我的英雄，小小的她，支撑着我走过风吹雨打。

我找了家蛋糕店去做学徒。

鸡蛋和面粉，黄油和牛奶，所有的配料在烤箱的肚腩里慢慢发酵，慢慢膨胀，最后一点点变成美丽的金黄色，这些可爱的面包出炉后整个房间里都弥漫着幸福的香味。

我太喜欢这样的环境了，从小我就想着等我长大了我一定要开家蛋糕店，偶尔我也跟父母提起过这件事，但却被他们一口否定了这个想法："想吃面包咱们就去买，你呀，以后一定要找到一份超级好的工作。"

对他们来说，一个超级好的工作的标准就是上下班稳定，工资稳定，养老有保证，而对我来说，超级好的工作是做我想做的，可能我想做的事情有很多不可预料的困难，但是，我相信，热爱能够阻挡一切。

丈夫学会喝酒的那段时间，是我在面包店里最忙的时候，他每天每夜地喝酒找事，我知道，他对于我去学做面包这件事一直心有芥蒂，所以我也一直没和他计较，哪怕最过分的时候，他一天到晚的总是有事没事就跟我拍桌子吵架，吵着要分居。

我一直觉得等我稳定下来，等我不用再去蛋糕店做学徒的时候，我们两个就会变得和之前一样好了，到那时候，我就再开家蛋糕店，我做的所有的蛋糕都让他和女儿第一个品尝，可是在我还没来得及拥有一个属于自己的蛋糕店的时候，他向我提出了离婚。

离婚后，女儿跟着我生活，她每天都抱抱我，安慰我："妈妈，你不要怕，宝宝支持你，不要怕任何困难，只要你勇敢了，所有的困难都能被打败，我会支持你的，你一定会有自己的蛋糕店！"

独自带孩子的日子太艰难了，每天把她送到学校里后我就要赶紧去蛋糕店里帮忙，中午又要趁着休息的片刻时间把女儿接回家吃饭，因为害怕时间来不及，所以我从来都不敢让她在家里午睡，下午放学的时候我又是全班最后一个到校的家长。

每次看见女儿孤零零的身影，我对她就会越发地感觉愧疚，每次都会有些许后悔：会不会我真的做错了，或许父母安排的路才是最好的路，我或许，不应该去学做面包，我或许，只适合按部就班地听话。

在跟老板表达我想放弃的想法时，老板问我："你在读书的时候，遇到过两难的情况吗？"

两难吗？

有，读大二的时候一个英语竞赛和我们组的话剧排练时间重合了，我当时也犹豫要不要放弃其中一个，后来我思考了很久，最后决定放弃话剧的排练，组长知道后义正言辞地批评我："这不是一个非 A 即 B 的选择题，只要你能不怕辛苦，不怕困难，英语和话剧你都可以兼顾好，最重要的是你不要害怕，困难很多，但人的韧性更大。"人的韧性更大，就是因为这句话，我一路咬牙坚持完成了英语竞赛，话剧排练我也一次没有落下，也是这次的事情教会了我坚持不放弃，勇往直前才会到达自己想要的明天。

"人的韧性更大。"老板跟我重复这句话，他接着说："那你现在没有韧性了吗？你看你现在都走到这个阶段了，现在说放弃，你甘心吗？以后我可以多给你些时间，让你照顾好你的女儿，但是，你千万不要放弃做你想做的，纵使风吹雨打，你也要勇往直前。"

老板跟我讲了一个关于他自己的故事：刚开始工作的时候，他还是个一无所有的穷小子，但那个时候他却喜欢上一个可爱的姑娘，他想娶那个姑娘，可他没钱没车又没房，哪家父母敢把自己的姑娘嫁给他这样的人啊，但他没有放弃这个姑娘，他找到了一家小蛋糕店的老板，他跟老板说："我来这里给你干活，我不要钱，但是你要教我做面包。"

就这样，他做学徒的日子开始了，那一年，他一分钱的工资都没有管老板拿过，但老板的看家本领却被他学了过去。学会做面包后，他就想着一定要赶快去租一家店面卖面包，赶快挣钱，赶快娶女友，但他那个时候哪来的钱租店面，于是就只能在广场的边缘支个小摊，用来卖自己提前熬夜做好的面包。

他摆摊大概摆了有大半年，刮风也好，下雨也罢，烈阳天，冬雪日，他从来没有缺过任何一天，他一直不敢懈怠，他清楚一旦自己晚成功一天，那他娶女友的机会就少一分。不过因为他做的面包很好吃，再加上他拼命得勤奋，很快他就攒够了租店面的钱，仿佛顷刻间，广场旁就悄悄起了一家蛋糕铺子。

他的店门前每天都是人头攒动，后来，他的小店面换成了一间正常门店大小，再后来，他有了两间店面，再再后来，他有钱给自己的店面装修了，也有钱请工人了，最后，他终于攒够了钱，买了车买了房娶了自己的爱人。

那两年是他生命里最紧凑的时间，每一天睁开眼，他想的就是要好好努力，要挣钱，哪怕这条路上的风多雨多，他也不能放弃，纵使风吹雨打，也不能选择退缩。

我始终会记得这一次谈话的，因为这次的谈话让我时刻铭记，不管遇到什么困难，都要勇往直前向前冲，只有当我有了干劲，世界才会给我让步。勇敢的人才会得到上帝的奖赏，因为一直坚信这个道理，所以我才马不停蹄地丰富着自己，才会在后来的日子里，不管遇到了什么困难都会咬紧牙关，坚持到最后一秒。

感谢上天总是把好运留给拼命奔跑的孩子，在一次地方级的蛋糕比赛中，我做的翻糖蛋糕得到了一等奖，奖金刚好够我在繁华的街道里租一间店面让我做蛋糕。

我终于完成了小时候的梦想，有了一家属于自己的蛋糕店。

这一路我遭遇了来自四面八方的打击，我的公公婆婆，我的父亲母亲，以及我的前夫，他们每一个人都认为我在乱搞，每一个人都觉得我一定是疯了，放着好好的工作不做跑到蛋糕店做学徒，他们要么是拒绝和我说话，要么是直接选择和我离婚，从始至终除了女儿，没有一个人支持我，还好我坚持下来了。

生命中一定有你觉得坚持不下来的时刻，也肯定会有一些不可避免的困难把你打击得体无完肤，或许还会有质疑声嘲笑声让你开始怀疑自己，但是，你一定要坚信，只有不畏惧风雨，才会见到彩虹，只有勇往直前，才会到达彼岸。

■ 面对风暴，也绝不低头（作者：羽弦）

我们都是芸芸众生中，一个不起眼的存在，渺小若沧海一粟。伸出手，或许无法扼住命运的咽喉，但至少能让它朝着我们所期待的方向改变。

《声临其境》让中国的配音演员，第一次站在了聚光灯下。但它所展现给世人的，仅仅只是这个行业最光鲜的一面。

初中时，我开始在网上听广播剧，也因此结识了和我一样喜欢声音的黎归。她比我大两岁，我叫她九师叔，她喊我小六。

黎归总是喜欢给我发语音，她的声音不仅好听，而且很特别，有很高的辨识度，是一种独特的富有磁性的女声。只要听过她的声音，就很难再忘记。

我们总是喜欢分享自己听到的、好听的广播剧，分享自己的体会、评价，然后天南海北地聊。从广播剧聊到学习，从学校聊到自己所居住的地方，还经常聊一些无厘头的东西。我一边在键盘上噼里啪啦地打字，一边戴着耳机听她发过来的语音，还有她的笑声。如今打字的速度，就是那时候练出来的。

有一次，我们聊到关于未来的话题。我半开完笑地问："九师叔，你声音这么好听怎么不去配广播剧？绝对会很受欢迎的！"

黎归过了很久都没有回复我，我正感到疑惑，想要打字问她是不是掉线了，却看到她一反常态，没有发语音而是打字回了我一句："我想当配音演员！！！"一连发了三个感叹号。

那时我才知道，配音演员是她从小的梦想。

而这个梦想的起源，是因为幼年时的她，偶然发现电视里有很多角色声音是一样的。她跑去问奶奶，可奶奶只是摇了摇头，表示自己也不知道。

这个疑惑，一直伴随着她。就像是一颗种子，随着黎归的成长，随着她对真相的探索，随着她对配音演员这个职业的了解，慢慢生根发芽。从懵懂无知时的疑惑，变成了一种执念，成为了她最大的梦想！

在我和其他几个网友的鼓励下，黎归用自己攒的钱买了一个收音效果相对较好的话筒，开始在论坛上关注广播剧招募"cv"的帖子，四处试音。同时，也不断遭到拒绝。

黎归第一次成功拿到角色的那天，我从学校回到家一上线，就看到她一连给我发了七八条语音，而且数量还在以极快的速度，不断增多。

我随手点开一条，听到的就是"小六！不行了！我实在是太激动了！这么多次了，终于成了！我实在是太高兴了！"我的嘴角不自觉上扬，我能想象到她当时激动的表情。

虽然只是一个只有四句台词的路人角色，但对黎归来说，意义非凡。

在那之后，黎归加入了一个网络配音社团，正式成了一名网络配音演员。只要一有试音的机会，黎归便会很认真地准备。她会根据剧本分析人物形象，力求做到最好。

随着时间的推移，黎归拿到的角色台词越来越多，也终于迎来了她人生中的第一个主角。那是一个很普通的青春校园故事，女主是一个高中生，全剧一共三期。为了诠释好这个角色，当时还在读初三的黎归，询问了很多高中学姐关于她们校园生活的方方面面。黎归写的人物分析，要比她拿到的台词在字数上多出好几倍。

中考结束后，她考上了当地的重点高中。就是那年暑假，黎归从小相依为命的奶奶，突发脑溢血去世了。

黎归的父母带着比她小三岁的弟弟，回到了她位于江西小县城的家。处理完奶奶的后事，黎归的母亲和弟弟留了下来。因为自幼分离，黎归和母亲、弟弟没什么感情，每天都说不上几句话，彼此之间客套而疏离。

黎归的家距离所就读的一中，有很长一段路程，她开始在学校住宿。

开学后的第一个周末，黎归回到家，推开自己房间的门，就看到弟弟在玩她的电脑。那台电脑是黎归奶奶在她上初一时，送给她的。黎归用来配音的话筒，被拆成了一堆零件散落在地上。

那天后，黎归趁母亲带着弟弟出门，找人来换了自己房门的锁，重新买了一个话筒。之后每次配音，她都是趁母亲和弟弟睡着，或者出门时偷偷地进行。

高二那年，老师在每个班上选播音专业生，黎归因为声音好听、特别而被选上。

黎归知道母亲一定不会同意，但她还是在周六吃晚饭的时候，说起了这件事情。结果，和她所料想的一样，母亲一口拒绝了她，丝毫不给她辩驳的机会。

第二天，黎归回到学校找到班主任要了一张申请表，并恳求班主任不要把这件事情告诉她家里。老师对于像黎归这样成绩好的乖孩子，总是要更心软一些的。在黎归的软磨硬泡下，老师最终还是答应了。

黎归用于支付专业课的钱，是奶奶去世半年后，隔壁林奶奶给她的，说是奶奶留给她的不多，但足够支付她学播音的学费，存在一本存折里。林奶奶说，奶奶嘱咐过，千万不要告诉黎归的父母和其他人，说这是专门留给她一个人的。

黎归奶奶死后，父母曾不止一次问她，奶奶的钱在哪？她只回三个字：不知道。

黎归知道，奶奶远比她想的要爱她！

高二下学期距期末考还有一个月时，黎归的母亲突然出现在学校里。她把黎归带到学校附近的一间出租屋里，她的衣服、被褥和各种生活用品，都在里面。

沉默片刻后，母亲看着她开口："从今天开始，我来给你陪读，那个什么专业课你不要再去上了！好好准备复习。"

"我已经学了快一年了，我喜欢这个！我一定可以考到浙江传媒学院的！这有这样我才可以……"黎归慌了，她太了解母亲了，她下的决定没人可以改变。

"什么也别说了！"母亲打断她。

"好好准备高考！学校我都给你选好了，别再想着什么配音了！那不是什么好行当。"

"凭什么？你从小就没管过我，现在凭什么来干涉我的未来！"黎归终于说出自己一直想说的话。

"你再说一遍？"黎归母亲的声音带着颤抖，她不敢相信这是从她从小乖巧懂事的女儿嘴里说出来的。

"我说，既然你选择带弟弟走，从小就不管我，现在凭什么管我！"

啪！

黎归的母亲扬手，给了黎归一个耳光。下手很重，黎归的脸颊以肉眼可见的速度红肿起来。

黎归不再理会气得颤抖的母亲，独自离开了。刚出门，黎归就听到屋内传来母亲的哭泣声。

快走到学校门口时，黎归蹲在地上把脸埋在膝盖上，在路边哭了起来。

黎归最终还是没有去成浙江传媒学院，而是去了浙江师范大学。因为她的母亲，偷偷把她的志愿改了。

高考结束后，黎归在家焦急等待着。当她打开电脑，看到自己被浙江师范大学录取时，立刻就明白了一切——她的母亲。

下一秒，眼泪涌了出来。黎归止不住抽泣起来。明明她可以上浙江传媒学院，明明她都计划好了大学靠着奶奶留下的钱和奖学金，以及自己再利用课余时间打工，就可以独立，就可以去追逐自己的梦想。明明，她离她的梦想只有一步之遥。

她努力了那么久，可现在，一切清零。

黎归想要止住眼泪，去找母亲理论。可是，她怎么也停不下来。就算她把眼泪擦干，还是会止不住的抽噎。下一秒，又会有眼泪涌出来。黎归把自己锁在房间里，哭了一个下午，一直哭到天黑，直到自己睡着。

在大学的那四年，黎归过得很压抑，一个朋友都没有。或许是因为她对这个学校心存怨念，她无时无刻不想着怎么逃离这里。一向成绩优异的黎归，差一点毕不了业。

这四年里，黎归为了更好地配音，自己在外面租了一间不到八平米的地下室，一下大雨就成了游泳池。墙壁隔音很差，每天十一点左右，就会准时响起一个大叔震天响的呼噜声。卫生间由十个女租客公用，其中还包括对门的五个洗脚妹，经常会有人不冲马桶。

平时能不去学校就尽量不去。过年放假，也没有回过家。她在校外打工的时间，比她上课的时间还要多。

因为配了几部热门小说改编的广播剧，再加上同社团的人爆出她传给编剧人物分析，密密麻麻好几张纸，黎归收获了大量的粉丝，成了"网配圈"最炙手可热的

"cv"。

可是没有人知道，这一切都是她在这一间地下室里完成的。

同时，她还通过将视频静音，并同时录制自己的声音，再进行比较，慢慢摸索出了对口型的诀窍。

大四那年的寒假，社长突然私信问黎归："小归，你快毕业了吧？"

"是，还有半年。"

随后社长给她抛出了一个重磅炸弹："想不想来北京发展，我可以帮你介绍。"

"好！"黎归一口答应。

毕业后，黎归如约来到北京。

社长问她："小归，你怎么不坐飞机来，坐火车多累啊！"

因为火车便宜很多。黎归心里这样想，但怕社长尴尬，所以黎归并没有回答。

社长介绍黎归去一间业内很有名的配音工作室实习，要不是因为认识社长这么多年，黎归几乎都要以为社长是个骗子。黎归至今都没有弄明白为什么社长自己都不进入商业配音圈。

社长给黎归找的房子，离工作室很近，不大，但有一室一厅。同时，房租也超过了黎归的承受范围。社长像是看穿了黎归的心事，笑着说："咱俩谁和谁啊！房租我先帮你出，等你领到工资就还我。"

但最终社长还是拗不过黎归，黎归选择了离工作室不算太远的，一间狭小的，在她承受范围内的地下室。

在我写下这个故事时，黎归正在工作室实习，实习即将结束。她托我打电话向家人汇报她的近况，替她报平安。

世人皆知蝴蝶化茧方可成蝶，可破茧的剧痛，是常人所难以想象的。勇士，之所以可以对命运低语，不是因为他有多勇敢，而是因为付出，换来了足够与命运抗衡的资本。是因为他足够强大，足够坚强！是因为他不信命，所以哪怕是面对风暴，也绝不低头！

■ 来一场说走就走的旅行（作者：三耳姑娘）

时光之旅，改变着每一个行者的人生轨迹。有人说，生命是一场危机四伏的旅行，我们无法预料这一路上会遇上什么遭遇，但我们唯一可以把握的就是掌握自己的人生方向，走稳自己脚下的每一步路。

我不知道这世上的每一个人是怎么面对生活的，我也不知道生活着的人们对自己的人生有怎样的定义。但我知道，每一个人都希望以自己的方式去生活；每一个人也渴望以自己的信念定义自己的人生方向。

在大雪纷飞的季节，一位母亲迎来了她的第三个孩子。这位孩子的来临，对于这个家庭来说是一个意外，就连父母都没有预料到他们，竟迎来了他们的第三个孩子。

这个孩子就是丽丽，意外而美丽的存在。丽丽出生在冬天，家里的父母与姐姐对她这个幼小的妹妹极其疼爱。她从小到大，没有受过委屈，没有挨过训斥。过着一路繁花相送的生活，她不用多么努力就得到了别人渴望的一切。

青少年时期的丽丽，就是别人家的孩子。家境好，学习好，长得也好，集万千宠爱于一身。她的兴趣爱好就是看书，拿到一本书，她可以安安静静看上一整天。那时候，丽丽向往着书中的世界，梦想着有一天，可以看到书中世界的样子，梦想着有一天可以出版一本属于自己的书。

即便这样优渥的家庭环境，丽丽却没有觉得太开心。她的人生好像被禁锢了一样，即便身边也有三五好友，可与好友之间的关系总是朦朦胧胧，隔着一层纱帐。慢慢地，丽丽成为了我们想靠近，却靠近不了的存在。

高中毕业后，同学们拿着通知书，走进了天南海北的校园，开始了全新的生活。新奇而忙碌的大学生活，导致大家很难再维持原本熟悉的感觉。那一年寒假，大家回到高中校园重新相聚时，丽丽的出现，让大家都惊讶了。她整个人瘦了两圈，模样也变化了一些。

丽丽解释说，是因为自己一边上课，一边把自己的兴趣爱好培养了起来。每天白天上课，晚上回去写文章，并且拿到了刊登自己文章的杂志和稿费。这个事情，丽丽只告诉了极个别人，也因为其他的高中同学，她已经不认识了。

脱离了父母的管束，凭借着自己的兴趣爱好，丽丽的大学生活过得很轻松自在，不仅拿到了自己专业的本科学位证，还顺便自考了其他专业的本科学位，成为了我们中唯一一个双学位的毕业生。

然而，拥有这样强能力的姑娘，毕业之际，就被家里安排到了姑姑身边，跟着姑姑开始长达两年的"寄生虫"的生活。那时候，丽丽不过二十三四岁，正值青春年华，时光都不忍心在她身上打上烙印。

可她已经被父母、姑姑要求相亲、谈恋爱，甚至要求她尽快结婚生孩子。虽然丽丽从小就习惯了父母的安排，习惯了听父母的话，但作为新时代的大学生，她有自己理性的思维模式和对人生的认识。

那一次，她不仅没有听从父母的安排，也下定了狠心决定离开为她好的姑姑家。一个人只身背着行李来到了学习四年的城市，租房子，找工作，拒绝家里的支援，一个人稳定地生活了下来。

父母只认为她没有意识到生活的苦与难，只当她青春反叛，只当她去体验生活。当全部人都在等着看她打退堂鼓，看着她折回来哭鼻子时，丽丽不仅把生活过得如诗如画，时不时还会买些礼物送回家。

那一刻，她的决心和脸上的笑容越多，父母就越担心。原来，女大不中留，这句话是真的。于是，父母开启了劝说模式。每一次回家，父母都要在她耳边说上一说，如果不回家，父母就频繁地打电话，希望她能明白父母的苦心。但这一次，丽丽无比的坚定。她并不希望在她这个年纪，依然让父母来决定她未来的人生。

二十几岁的时候，我们的生活总是在犹豫中度过。尤其是大学毕业后，带着一肚子墨水与抱负，希望能够在社会上大展宏图，为自己赢取一片掌声。然而，父母却希望我们安安稳稳，甚至希望我们能够回到他们身边，尽早规划自己的人生，结婚生子，才不负他们一辈子的生养之情。

有多少人在经历着这样绝望而无助的人生，又有多少人因为绝望无助，选择与父母和家庭渐渐疏远。

但丽丽不同，虽然她也面对这样的情况，但她从来没有逃避过。每一次父母提出这个话题，她都会运用自己的学识，与父母深刻探讨时间与人生的关系。对于丽丽而言，当没有爱情降临时，她从来没有虚度过自己的人生。

丽丽的工作单位，休息时间极少，但每到休息时间，只要两天及以上，她都会回家陪伴父母。渐渐地父母不再与她经常提起女大当婚的话题了。

但一个人的人生，绝非这样就完事了。毕业后的我们，开启了时常联系的模式，虽然我们不在同一个城市，但科技的发达，交通的便利，使我们之间的关系更加紧密。丽丽也不再是印象中的那个高冷沉默的姑娘。她变得开朗、活泼、健谈，在陌生的环境，学会了主动与陌生人沟通交流。

按部就班的人生，每一个人都能过。但打破这种形式，却并不是每一个人都有勇气。记得那一年，丽丽突然告诉我们，她要去旅游。

　　出生后，丽丽生活的城市是她的故乡。大学时，丽丽学习的城市是她的支撑。但她的人生决不止步于此。虽然她并不向往诗和远方，但未来的生活还有那么长，她并不愿意被禁锢在一个地方，外面的风景，她也想用自己的眼睛看一看。

　　她的决定得到了我们的支持，却遭到了父母的反对。对于父母而言，只希望自己的孩子平平安安度过这一生就好了，并不希望她们脑海里有那么乱七八糟的想法，并且为之付出行动。为此，丽丽的父母与她又进行了长时间的沟通。这一点是最让人佩服的。随着她的人生成长，总会遇到各种各样让父母措手不及的事情，但不管发生什么，丽丽都没有逃避过。她愿意正面面对，为自己的一言一行负责，也为父母的担忧负责。

　　丽丽那一场说走就走的旅行还是实现了，不管走到哪里，她会给父母报一声平安。那些美丽的景色，她也会随手拍下来，回去给父母看一看，讲一讲。慢慢地，双方像是达成了共识一样，只要丽丽出去旅行，父母只叮嘱她照顾好自己，出门在外，平安最重要，钱财都是身外之物。

　　旅行成为了丽丽人生中另外一件重要的事情。人生的路那么长，并不是每一个人都愿意把生活耗在无尽的工作与家庭上。虽然工作是我们赖以生存的重要来源，但工作之余，来一场说走就走的短途旅行也未尝不可。

如今已经三十岁的丽丽，全身都洋溢着少女的气息，岁月都不愿意在她身上停留片刻。她给自己定下了每年"出走"一次的旅行，而这些旅行又是在她忙碌之余心血来潮选出的地点。工作结束，她就会收拾行李，踏上一次轻松之旅。

热爱旅行的人，总有一颗柔软的内心。热爱旅行的人，也有一颗强大的决心。丽丽从温室的花朵成长为一棵傲视风雪的梅花，与从前的自己说拜拜。在旅行的路上，碰上的朋友，遇上的奇遇，都成为了一个人一生宝贵的财富。

丽丽的工作依然成为她坚实的依靠，但她并没有就此停止了自己的兴趣与梦想。每一次旅行后，她把自己的旅行经历记录下来，慢慢地，有出版社向她约稿。于是，她出版了属于自己的第一本游记。

有时候，打破人生固有的模式，总会带来不可估量的惊喜。只要勇于抬头挺胸，一定可以找到属于自己人生的"打开方式"。我们不用羡慕别人，把自己活成别人羡慕的样子就可以了。生活从来都不难，坚定内心的选择，梦想也会向你伸出橄榄枝。

世界这么大，宇宙又是那么奇妙。千千万万的人类聚集在不同的角落，祖祖辈辈都延续着人类的生活。可每一个人都是独立的存在，每一个人都希望拥有特别的人生经历。我们总是不拘泥于形式，看着人来人往的花花世界，告诉自己，生活是自己的，人生是自己的，我们要把握属于自己的生活、属于自己的人生。

■ 泥泞也是一种装饰（作者：熊探）

每个人都希望风平浪静，每个人都渴望阳光普照，但是实际上，我们有多少人，可以巧妙地度过一生呢？！其实，雨天后的空气依旧存在芬芳，积水依旧可以灌溉良田，泥泞也是人生的一种装饰。

她从小就被全校学生熟知，只因为她和大家学的课本上的名字一样，叫做韩小梅。但是她并没有韩小梅那样无忧无虑的人生，每天说着"How are you？"（你好吗？）；恰恰相反，她似乎被一些事情无情地困扰着。

韩小梅在第二次崴脚的时候，奶奶对她说："人这一生啊，不能够太平坦了。要是刚开始什么好事儿都遇到了，以后就不会那么幸运了。"韩小梅点着头，她说："我知道啦，以后我会很幸运的。"

韩小梅从上小学就开始练习体育，从短跑到跨栏，又到接力，没用几个月就成为了学校体育队的主力。后来，因为在体育竞赛上表现突出，被某中学校长破格录取。就在她在新学校比赛的前一天，因为跑步的时候不留神，崴了脚，最终被换了下来。这次崴脚让她在家里休息了一个月。

韩小梅想，自己真的是个掉链子的选手，这样真不好。再后来，经过了几个月的训练，韩小梅又准备去参加比赛了，结果还是出现了状况。韩小梅一个人躲在宿舍里哭，她想，自己怎么这么笨啊，居然练跑步这件事情都做不好。教练这么看重她，但是她却愧对教练的栽培。

韩小梅一瘸一拐地回到家，奶奶正准备招呼她来吃饭，看见她这个样子，便说了刚刚的那番话。

韩小梅说："我以后可能再也没有机会去参加竞赛了。"

"但是你还有机会去做别的事情。"

韩小梅就这样看着奶奶，用力地点了点头。

韩小梅的脚养好了之后，便退出了体育培训的队伍，开始了认真学习文化课的旅程。正处于高一的韩小梅，知道自己差得很多，所以就一直坚持去学，不懂就在老师办公室里扎根地问，很多老师都被她问烦气了，但是韩小梅大大咧咧地一笑，就什么都过去了。

韩小梅的成绩提高很快，不久就到了班级里的前十五名。但是这也是她的一个瓶颈。达到这个名次之后，她怎么也提高不了了。她自己总结了一下，发现她的英语听力太差了，数理化的应用大题做得也不好，所以，每天早上，她五点起床，到公园里的英语角去学习英语。然后，又蹬着车子飞快地奔向学校。晚上放学的时候，又跑到课外补习班去补习数学、物理和化学。

三个月后，韩小梅成为了班级里的第十名。韩小梅捧着成绩单笑了。她说，她还可以更好。考虑到自己的底子很弱，所以她就开始读各种相关的书籍。

等到高二他们分班的时候，韩小梅想了想，大部分人都选择了理科，原因是理科对于生活来说，帮助更大，而且考大学的时候，招收的学生更多，最重要的是，不需要一直背诵课文。

但是韩小梅自己更热爱文学，虽然自己读的书不多，但这并不代表以后她不能坚持自己的梦想啊。所以韩小梅就选择了文科。

"怎么选了文科啊！你这么努力才将数理化学好，这次就荒废了啊！而且，你的文科基础很差啊，你可要仔细想想。"

"老师，我想好了，就选文科了。"

文科班定好之后，韩小梅很快便融进了班集体之中。全校一共二十个班，但是学文科的只有五个班，无论是在师资上，还是重视程度上，理科都是遥遥领先的，但是这并不影响韩小梅的决定。

历史、政治对于韩小梅来说，简直就是噩梦。她之前并没有系统地学习过，所以猛得认真读起来，反而很吃力，刚刚读的年号是什么来着，刚刚写的人物叫什么来着，刚刚，额，读的是什么来着。韩小梅发现，自己读过之后马上就忘记了，好不容易记住了，反而又混淆了。一个月下来，除了不充足的睡眠之外，什么都没剩下。

后来，她平复自己的内心，跟自己说："不要着急，现在学不会是正常的，关键是最后要理解透，不要着急不要着急，现在难学，学扎实了，就代表着以后简单了。"雨天之后见彩虹，泥泞之后才得坦途，这正是奶奶当初教导给自己的，不能什么都顺风顺水，走过坎坷之后的，得到的幸运更多。

之后，韩小梅开始找适合自己的学习方法，她将各个知识点列成一个框架，然后一一将内容详细地整理出来，再之后一边思考着，一边背记着。一遍不行就两遍，两遍不行就三遍。别人用一分钟，自己就用十分钟。慢慢地，韩小梅发现，自己能够记住的东西越来越多了，对于知识点的梳理也越来越快了。

很快地，韩小梅就能够将文科科目的重要知识点很快速地、准确地表达出来，做题的时候，很快就能够找到其中的关键。在高二的期末考试里，韩小梅的历史和政治，单科成绩为全班第一名。韩小梅非常高兴，从那以后，她继续延续着这种方法，将其他科目一步步提高，很快，她的学习成绩又成为了班级的前十名。

就这样，韩小梅到了高三模拟考试的时候，成绩已经可以考上一所一本院校了。可就在高考的前两个月，韩小梅在骑车子上下学的时候，压到了一根树枝，摔倒在地上，右手骨折，不能够拿笔写字了。

当时韩小梅整个人都懵了。她感觉这么多年来的努力，都白费了。就在韩小梅闷在屋子里不吃不喝，也不想上学的时候，奶奶又给了她一个很重要的忠告："如果你想做成一件事情，你就要努力，不要将眼前的泥泞作为借口止步不前。"

韩小梅从医院出来的第二天，就用左手握着手把，骑着自行车去上学了。到了学校之后，韩小梅用左手打饭，用左手拿出书本，然手用左手做笔记，写作业。字写得不好看，韩小梅就耐心地一笔一笔写，就像当初她读书很慢一样，别人写了一页，她只写了几行，但她还是很认真很认真地写着。

在高考的前一个月的模拟考试里，因为写字慢没有答完题，加上字迹不工整，所以减了很多分。但是韩小梅的成绩考上二本院校是没问题的。

在高考那天，韩小梅用左手作答，完成了全部的题目。在等待成绩的那段时间里，韩小梅很平静，她接受一切的结果，只因为她相信，无论是什么样的结果，她都能应对，都能接受。

晚上十二点刚过，她就接到了老师的电话，老师在电话里说，韩小梅的成绩很不错，但是报考一本院校的时候要谨慎。韩小梅一边看着院校的资料，一边整理历年的基本情况，报考了一所自己很渴望去学习的大学。录取分数线下来的时候，韩小梅差点儿哭晕了。因为她的成绩只比那个分数线高一分，她恰恰可以被录取。

韩小梅走进大学之后，继续努力学习，积极参加实践，积累了很多的经验，所以在毕业的时候，进入了一家很不错的企业。在企业里也是一样的，韩小梅很快就适应了企业文化，没用三年的时间，就成为了企业的骨干。

本以为日子就会这样平平常常地度过了，谁知，就在她和另外一个竞争者竞争总经理的职位的时候，她却突然病了，整整住院了一个月。这个月的时间里，企业发生了天翻地覆的变化，很多人纷纷在战队上远离了她。她一回来感觉到自己被孤立了，甚至隐隐约约感受到了一丝敌意。但是她马上意识到自己必须要有所改变，不能被当前的局势所困惑，所以她对企业的事情更加上心了，不仅愿意谦虚地接受一切责备，更愿意无偿地做各种岗位上的工作。

正是因为韩小梅没有在泥泞中迷失自我，自暴自弃，所以才有了今天的自己。再后来，她就被总部邀请去做了管理，成为了公司的神话。

小时候，我们玩泥巴，是因为它可塑，可被我们掌控。长大了之后，我们才发现，生活中的泥巴却不能受我们的控制，甚至会在不经意间，阻碍我们的前进和成长。如果我们对它妥协了，那么我们今后的路就停止了，因为我们被污泥困住了。不过，如果我们将其视为人生道路上的一种如同水墨一般的色彩，其实也是一种不错的选择。

不要放大我们生活中的任何阻碍，也不要因为一点点小事就抱怨连天，与其这样做，不如让我们认真地面对它，解决它，处理它，迎接它，然后等待着，超越它之后带来的人生的又一抹色彩。

都说道路泥泞，让人徒生烦恼，殊不知，当我们将其征服之后，其实它只不过人生道路上的一种装饰，无时不刻不在告诉我们，我们的人生曾经有多么的难过，可是我们过去了，我们的生活曾经多么艰难，但是我们走过了，我们的命运并非那么丰富多彩，它也会阴暗和潮湿，但是我们战胜了。

不管怎么说，泥泞的生活教会了我们如何成长，成为更好的自己，成就更加美好的明天。毕竟，逆境也是人生的一种道路，泥泞也是生活中的一道风采。

■ 心若在，梦就在（作者：木木）

心若在，梦就在，大不了重头再来。其实应该是心若在，梦就在，重不重来都是难得的经历。跟随心之所向，一路开山架桥，有路时一路狂奔，无路时亦能曲径通幽、展翅翱翔。在路上，心与步伐相依相偎、同舟共济的曼妙体验亦是千金难求。

生命是一场孤独的旅行，背包里的行囊取决于自己，可以变成梦想轻轻飞扬，也可以看成包袱，裹足不前。

事物的意义其实就在一念之间。

曼迪·赫尔在《安顿一个人的时光》写道："一个人的生活可以是平淡、乏味、停滞不前，也可以是一场充实、美妙、精彩纷呈的冒险。"

小梦是我大学时在文学社结识的朋友，和她多少有点儿一见如故的感觉。我们总能保持着最舒服的距离和关系，见或者不见都特别自然。

小梦也是朋友圈里出了名的"自在女神"，她把生活打理得井井有条。学业在循序渐进地增长着，课外实践也一样不落。我们都是校杂志社的编辑，还不定期会负责一期责任编辑。每次轮到小梦负责时，总能感觉到她把时间点把握得刚刚好。选题、校稿、排版、印刷每件事情都有条不紊地进行着。

我一直很好奇她怎么可以做到如此掌控自如。但是我们是那种可以随性地聊一个话题，却很少涉及个人生活内容的朋友。那时候学生处给我们在心理活动中心安排了一个办公室。杂志社的人有任务时一般都会待在那。办公室空着的时候，也会去看看书或者作为考试前的自习室。

我有一次在图书馆待久了，回寝室时刚好路过办公室，看到有明亮的灯光穿出来。我顺路拐了进去，轻轻地敲门，传来小梦轻柔的声音。跨进门，就看到整个办公室只有小梦一个人，安静地在写写画画，旁边放着一本书。其实临近午夜，整个走廊都满溢着催眠的夜色。

看到我进来，她依旧是那么波澜不惊，安静优雅。说实话这样的形容，对于一个女人的状态应该是三十几岁才能修炼完成的。可是小梦有着二十几岁青春飞扬和三十几岁知性儒雅的完美结合。

我们坐下慢慢地聊了几句。小梦告诉我，每周她都会安排三个晚上，一个人静静地看看书、做做计划、思考一下。有时什么都不做，只是安安静静地坐在这。享受只属于一个人的时间。

宿舍的熄灯时间快到了，我俩结伴往回走。宁静的校园中，只有昏黄的路灯投射着软软的灯光。夜色流动着，掩盖着所有的浮躁和不安。

回去躺在宿舍床上，恍悟。小梦凡事做得都比别人好，只不过是因为她付出比别人更多的努力，更多的心思而已。哪有事情可以一蹴而就。当我们都在胡吃海喝、玩微博、刷着无聊的连续剧时，小梦的时间都是用来读书思考的。她在平时下足了功夫，在需要的时候才能临危不乱。

学会独处，定时给自己空间。和自己好好相处，把心灵的浮土清扫一空，随时都散发着耀眼的光芒，照亮自己的路途。

每个人其实都会无数次临摹描绘自己想要变成的样子，只不过有的人能做足各种功课向着梦想中的样子在成长，而大多数人在生活这样那样的考验中，慢慢地放弃了。只不过是早晚的区别而已。

别总是一味向生活妥协，它就是魔鬼会把你拖入绝望的深渊，而不自知。等自己发现时早已经偏离了最初的轨道，而初心已被一次次的麻痹所覆满，找不到最初的样子。所以，用最柔软的姿态、最强大的内心，战胜生活的泥淖。

把不合时宜变成理所应得，把阴雨霏霏变成雨中奔跑，把日子过成精彩纷呈的剧集，把自己修炼成想要的样子。

记得看到一篇文章是写北大毕业生陆步轩，如今也 50 多岁了，他在干什么？文章中写到陆步轩是当时的高考文科状元、北大才子，80 年代的天之骄子。80 后 90 后对这个当时轰动全国的消息应该一点儿也不陌生。

1989 年陆步轩北大中文系毕业，被分配到长安区的柴油机场工作。地方小，人际关系复杂，他的事业发展并不顺利。他在 34 岁时操起杀猪刀，开始了农贸市场卖肉小商贩的生涯，也被媒体报道推到了舆论的风口浪尖。经过 20 多年的蛰伏，陆步轩又重新出现在公众视野，这一次是他和他的土猪壹号与互联网结合，也就是现在的互联网＋，拿他自己的话就是把猪肉卖到了极致，也不算丢北大的脸。

可能在报道之后，人们会更多关注，陆步轩高达 10 亿元的年销售额。而我想说的是，在他感叹没有丢北大脸的时候，他所经历的心理包袱。虽然人人会说北大的毕业生当然能卖猪肉，但这未必能安抚得了陆步轩的情绪。

他只不过是用坚持战胜了迷茫，没有向生活妥协，跟随心的方向，在自己选择的事业中创造了惊人的成绩。

阿青有类似的经历，她是当地的高材生，大学虽然没像陆步轩上的北大有名，但也是重点大学，学着很火的专业。

大学毕业后，她在外地上了几年班，工作不温不火。那时候阿青出生的小县城在大批量招考毕业生，在父母的劝说下，阿青考上了当地的事业单位。

她和陆步轩有着同样的感受，那就是地方小，人事关系复杂。

阿青也总会抱怨，日子像一潭死水。小地方的人，有个工作，基本就没啥奔头了。领着穷不死富不起的固定工资，工作走走形式，偶尔打打麻将，三三两两吃个便餐，都能喝得烂醉如泥。

阿青的心情总像现在年年冬天都不会缺席的雾霾一样。有时候她也会想起曾经自己也有着绚烂的梦想，可是一步步地陷进了生活的泥潭。

刚回来上班的时候，阿青受不了这日复一日年复一年地敷衍了事。可是想想马上就要结婚，结了婚再做打算。结婚之后又在毫无准备的情况下有了孩子，想想孩子还小，现在的工作清闲，可以有宽裕的时间带孩子。

就这样一拖再拖，等她终于想下定决心离开的时候，才发现自己的年龄已接近中年。这个年龄段的女人拖家带口，找工作的质量大打折扣。再说在这样长久的消磨中，阿青早丢失了曾经的激情和勇气。

同样的起点，有很多路可以到达终点。还有同样的起点，有很多路怎么也到达不了终点。阿青和陆步轩有着类似的经历。只不过一个选择了坚持，一个选择了妥协。一个逐渐积累了随着时代起伏的资本，而另一个慢慢地被时代的浪潮击退。

所以，生活中，我们需要跟随心的方向奋力前行，也需要时不时驻足，细细品味。别把日子过得狼烟四起，也别过得昏昏沉沉，刚刚好是自己想要的样子就好。

于鱼做到了。

于鱼出生于 1985 年，改革开放的初期，名副其实的 80 后。等到她读高中的时候，改革开放已初见成效。下岗的已再就业，下海的也已腰缠万贯。不过农村还是从前的农村，每天日出而作、日落而息。

于鱼的出生地是北方一个偏远地区的落后农村。这类农村地区该有的愚昧一点不少，该有的听天由命代代蔓延。

所以，于鱼出生得就这么不合时宜。在这个世世代代重男轻女的落后地区，还好于鱼的父母思想比较超前，不是那么在意她的性别。不过在抉择家里只能供一个孩子上学的时候，弟弟还是毫无悬念地胜出了。

于鱼没有太多抱怨和寻死觅活，安然接受了这在当地所有人眼里认为最正确的安排。在下地干活的时候人人都会说，女孩子上啥学，会写个名字得了。于鱼每天上山放牛放羊，好在命运待她不薄，在一年之后，父母还是联系了学校把她送回去，继续读书了。

当年的中考，于鱼考了好成绩，还免除了学费，高考考上了重点大学，毕业被安排了不错的工作，嫁了还算可以的老公，生了聪明伶俐的孩子。

村里一起长大的女孩子，现在都安逸地做着家庭主妇。此时，另一种声音出现了，人人都说还是念书好，但是照旧不重视孩子的教育，做着读书能改变命运的美梦。

于鱼在别人的艳羡中，坦然笑笑。

没有人告诉于鱼在被命运抛弃时该如何去争取，也没有人告诉她被命运眷顾时如何坦然接受。好在于鱼能随时随地看清自己的内心，用强大的内心战胜了命运。

跟随心的方向总没有错。即使路途曲折，笑和泪才会饱满，苦和痛才能玲珑剔透。看清自己的内心，才能拥有近看庭前花开花谢，远望天边云卷云舒的自然姿态。给自己独处的时间，学会和自己对话，听清自己内心的声音，拥有可以和自己和谐相处的美好状态。别和生活说妥协，努力前行，活出自己想要的样子。

■ 每个梦想飞翔的人都曾折断过翅膀（作者：白茸）

梦想何其宝贵，每一寸实现都是我们和现实一刀一枪拼搏下来的结果。它熠熠生辉，是因为我们用心血和精力润养了它；它无边无垠，是因为我们竭尽全力拓展它的宽度与深度。它负荷我们的未来，在升空的过程中也曾遭遇颠簸与挫折，而每一次撕裂的疼痛过后，是坚定的行动与信念，促使它愈合，成长。为梦想付出的一切，没有后悔，只有值得。

阔别三年的好友雪儿就这样满脸含笑地坐在我面前，她容光焕发，脸上是成功者特有的矜持与满足的神情。看到她这副志得意满的模样，我不得不感叹时间的魔力，让一个人在三年的时间内脱胎换骨，宛如重生一般。

要知道三年前，她还是个倍感迷惘，在现实和梦想的罅隙中备受打击，辛苦忍受的女孩，然而最终她选择坚定地奔向心之所向的目标，任凭种种困难迎面扑打，只埋头于梦想之中，勤加修炼，终于成全了自己现世安稳，岁月静好的模样。

我很欣喜她的蜕变，同时也意识到，只有坚定不移拥抱梦想的人，才有资格享受命运最大的奖赏。

雪儿的故事不长，却特别发人深省。出生优越的她从小被灌输要按照父母的意志行事，自接受标准的淑女教育到各类才艺的习得。大学毕业前，她几乎被固定在一个模子中成长，方圆长短，赤朱丹彤，任凭父母揉捏挥洒。这也不能怪雪儿没有自我意识，含着金汤匙出生的姑娘，这一生如果不出意外，生活模式几乎固化不变。一眼就能望到头的幸福日子既是安稳舒适的象征，也意味着乏味和无趣。

雪儿本来十分享受这种安稳富足的生活，但偶然的一次意外，打破了她的平静，令她的人生列车转了个大弯，向着新的天地头也不回，马不停蹄地奔驰而去。

那次，雪儿的舍友要求雪儿陪她参观一场名不见经传的涂鸦展览，原本兴致满满的室友在看到颜色鲜艳的画展后失去了学习的兴致，而雪儿，却不知出于何种原因，一下子被涂鸦艺术吸引了目光，五彩斑斓的画面仿佛有着流动的生命活力，用力冲开她坚固平整的生活外壳，给她的世界注入了一丝新奇与兴奋。

雪儿突然觉得，她生来就该拿起画笔，和涂鸦捆绑在一起创造美丽的，于是回到学校后，她瞒着父母报了涂鸦艺术基础兴趣班，把所有的精力都投入其中。而彼时，去国外的托福考试正在一个月后等着她，这意味着，现实和梦想对她来说是道二选一的单选题，她绝无可能进行多次选择。

被涂鸦迷得神魂颠倒的雪儿，完全放弃了预定的留学计划，她的空暇时间几乎全在涂鸦中度过，理所当然，这之后的托福考试她名落孙山。

远在国外做生意的父母亲惊诧雪儿居然没有通过托福考试，他们直接"打飞的"不告而至，将雪儿堵在了兴趣班教室门口，然后，不仅没收了全部绘画工具，而且克扣她的生活费用，除了留给她必要的花销，几乎没有给她多余的钱用来休闲娱乐。

那段时间，是雪儿最困窘的时候，为了能够继续自己的兴趣爱好，娇生惯养的她第一次学着节衣缩食以维持价格不菲的涂鸦学习，她的生活中，从此没有高档化妆品的影子，只有平价的国货护肤用品；价格不菲的衣服首饰也和她首度绝缘，以前不屑一顾的淘宝成了提供她穿着的来源地；她不再随时下馆子花费数百元犒赏五脏六腑，学校外价廉物美的小吃居然也能让她吃得津津有味。

虽然生活质量一落千丈，但是精神上的富足无法用金钱衡量。

用力展开自己的羽翼，管梦想能够飞得多高多远多累多苦，为了心中的那一味芬芳，必须要不计成本。

因为这样的付出，说来说去都是值得的。

涂鸦为雪儿开启了崭新的感官世界，明明是无声的画面，却让她仿佛置身于春天的樱花树丛，夏天的杨柳堤岸，秋天的如火枫林，冬天的雪意梅情。

雪儿说，涂鸦里不仅有画，还有音乐、温度、质感、语言，有它不可言喻的美妙，有它的独特气息。

就是这样的感觉蛊惑着雪儿的内心，使她在毕业后选择投身涂鸦艺术，而拒绝了父母为她安排的安逸工作。

她的倔强引来父母更强烈的惩罚，这一次，父母彻底断绝了她的经济来源，并且放言，只要雪儿一天不放弃她可笑的梦想，就一天不会给她任何物质上的帮助。

他们试图用金钱的力量迫使雪儿屈服，但雪儿早就尝到了精神愉悦的甜头，物质的艰辛算什么，有梦想在，有目标可追逐，所有的困难更像是砝码，为成功的喜悦添上不可估计的重量，让人生看起来厚重且有质感。

轻而易举的成功永远不及艰辛奋斗后得来的宝贵，那份喜悦，是任何语言都难以描述的。

但在获取成功之前，雪儿还有很长一段路要走，命运的曲折才露出冰山一角，任何梦想的实现，都建立在一波三折的基础上，唯其难得，才显珍贵。

雪儿的涂鸦在专业人士眼中显然是幼稚可笑的，半路出家的她美术功底生疏薄弱，被面试官嘲笑打击几乎成了家常便饭，有一次，面试人员在看完她的作品后直言她没有这方面的前途，劝她不如趁早改行，以免耽误大好人生。

雪儿认真地回复那个面试官："我的人生自己做主，成不成功都由我一个人负担，谢谢你的好心提醒，我不认为你说的话能成为我的座右铭。"

她在离开前得到那人无声地嗤笑，不以为然的笑声让她泪水盈眶的同时却更加坚定了自己心中的信念，她要实现的梦想实在太过于金贵了，几乎所有的人都站在她的反对面，而她，仅凭一己之力就得扛住所有。

这才是梦想的意义所在吧，当别人说"不"而你想证明"对"时，你已经比他勇敢，自信，坚韧了许多。

在面试无数商业涂鸦队失败后，雪儿终于领悟到，单凭一腔孤勇是无法真正实现梦想的，没有坚实的绘画基础，梦想只是摇摇欲坠的空中楼阁，她必须从零开始学习绘画，而当她做出这一决定时，她存款户头上的金额已经不满四位数。

涂鸦是门异常消耗金钱的艺术，那些绘画的喷漆和工具价格不菲而且使用很快，雪儿为了能够实现梦想，只得一边打工一边挤出所有时间进行基本功训练，她经常在下班后直奔出租屋，只为了省下分秒的时间用在绘画练习上，她和精彩纷呈的休闲生活一刀两断，当别的女孩逛街购物时，她还在为如何构图绞尽脑汁；当别的姑娘吃喝玩乐时，雪儿拿喷漆的手早就磨出薄薄的老茧；当别的姑娘尽情享受青春的恣意和奔放时，雪儿却用青春悉心培养心中的梦想，为它添砖加瓦，直到它坚固而有力量。

雪儿在实现梦想的过程中，一步步雕琢自己的人生，一点点积攒获取成功的经验，她看起来那么狼狈，在现实生活中，几乎和一切精彩无缘；但是她又是那么从容，有了梦想的支持，再难看的行走姿态都透露出隐隐的气场和风度。

那是由坚定和格局组成的气度，像一张密不透风的网，捕获任何一丝成功的可能，令所有的艰难最终开花结果，变成值得。

雪儿的成功说是偶然，其实也是量变到质变的必然趋势，努力了三年的她，在偶尔的一次画作交流会上认识她的伯乐孙先生，孙先生欣赏雪儿扎实的绘画技巧和独特的绘画创意，抱着试试看的心态让她加入涂鸦团队进行艺术创作。

机会的大门突然向雪儿打开，打出黎明前的曙光，雪儿没有心理准备接受突如其来的幸运，但在行动上，她早就为这一刻铺垫多时。

得到青睐的雪儿从此更加发奋地学习创作，她把所有的精力都投入其中，每天总是第一个到达工作室，拿起工具率先创作，她时常为了构思一个图案茶饭不思，不断修改方案，直到获得自己满意的效果为止。

雪儿下班的时间从来没有固定过，经常等她感到饥饿难耐时，已经是夜幕深沉，万家灯火时分，每次走出工作室大门，她疲倦得像是饱经战火的洗礼，狼狈不堪，但是精神上却异常轻松喜悦，浑身的细胞都沐浴在快乐与憧憬之中。

她的努力慢慢给她带来了更多的机会和收入，由于技艺出色，很多涂鸦商业团向她抛来橄榄枝，希望她能加入他们的团队，一起实现更高的艺术价值。

雪儿就这样在涂鸦领域获得了一席之地，与她的努力相得益彰，与她的梦想翩翩同行。

她的成功不是神奇地一蹴而就，而是厚积薄发的过程，在获得成功前，她也曾让现实揍得鼻青脸肿，甚至一度折断了飞翔的羽翼。但幸好，这个倔强的姑娘没有放弃心中的信念，如今，她组建了属于自己的涂鸦团队，带着一帮心有梦想的小年轻们，尽情地在广阔的人生穹宇中恣意翱翔。

不要让一时的苦恼打倒你满怀梦想的心灵，不要让种种的不顺扑灭你理想的热情火焰，梦想有多伟大，付出就要有多辛苦。你的梦想之所以很贵重，是因为你在得到它的过程中经受了那么多的风雨雷击，那是你此去必经的道路。梦想受伤了并不可怕，可怕的是你折断翅膀后，因为怕疼而再也不敢畅意飞翔，失去宝贵的机会。

■ 随着心的方向走（作者：龙张张）

梅花愿在冬日迎雪独傲枝头；海鹰愿在惊涛海浪上驰骋飞行；蒲公英被风吹散，依然寻地生根成长。每一个生命，存在于纷繁世界中，游荡于千山万水之间，又经历着千难万险的磨练，可只要随着心的方向走，任何时候都不算晚，任何困难都能跨过，人亦是如此。

我以为会成为天悦的职员，可后来我们成了朋友。

我刚辞去一份枯燥无味的工作，合适的新工作又迟迟没有来到，面对家人的不理解，朋友日复一日地问候，自己更是处在整日整夜的低迷之中，刚好看到远在泰国的朋友的朋友圈。于是萌生了去泰国工作的想法。

我开始在网上寻找招聘信息，一个培训班招聘汉语教师的信息吸引了我，虽然要求工作六天，但授课时间不长，待遇也不错，于是自己投递了简历。很多天以后，得到了对方的回复，而老板正是天悦。

为了方便交流，我们加了彼此的微信，第一次给我的感觉，她是一个很有礼貌的人，与其说是面试，倒不如说是交流。说来也不巧，和她面试后的第二天，之前面试的一个学校告诉我，通过了。于是我礼貌地告诉她，不用考虑我了，得知她是刚开的汉语培训班，于是我将自己当年在培训班做兼职的所闻所见告诉了她，也毫无保留地给了自己的意见。就这样，我们开始熟识起来。天悦也开始讲述她的事情。

天悦从小可谓是学霸级人物，高中毕业拿到了大学的全额奖学金，大学毕业，又获得了泰国去中国读研究生的机会，高中毕业她就再也没有花过家里的钱。毕业之前她就开始在大使馆和她现在的公司做兼职。毕业之后就留在了现在的公司，这一待就是三年。三年的时间，她已经从职场新人进入了管理层，工作不算太忙碌并且还有继续升值的机会，拥有自己的办公室，还有不错的薪资待遇，可就在这时，她辞职了。

那时，她刚过完三十岁的生日。三十岁，辞职，踏入一个陌生的行业，一切从新开始。对她的不理解和惋惜，让我一遍遍地叹气。

虽然不理解她所做的选择，但她的勇气和善良让我们彼此的心一步步地靠近，于是在我到达曼谷那天，第一件事，就是和她见面吃饭。

得知我一直想尝尝地道的海鲜，所以我们驱车几十公里来到了市区周边的一条街道，两边的饭店鳞次栉比，屹立于池塘中的宽大亭廊。人们席地而坐，与水只有一木之隔，透过木缝，还能看到下面的平静的水。太阳暖照，天气有些炎热，但好在，风从四处而起。

"你为什么放弃了这样好的工作，而要选择做毫无经验的教育行业呢？"饭桌上，我终于问出了这样的话。

"这份工作，已经让我觉得很无趣了，每天的工作让我感觉不到快乐。我在中国读研究生的时候，就是读的中文国际教育，所以我很想做教育，我想让更多的泰国学生学习中文。"

"可是，你不觉得可惜吗？放弃了高薪的工作，来经营一个困难重重的小小培训班。"我知道，她刚开的培训班，学生并不多，又给上课的老师支付了比平均薪资更高的费用，所以她的培训机构已经连续亏了几个月了。

"可惜吗？有时候是觉得挺可惜的，但是我不后悔，其实在这个培训班之前，我买了一个培训学校，当时老板说她有固定的学生、老师和教材，因为想退休了，所以才转卖，我觉得挺不错的，几乎花光了所有的积蓄，把它买了下来。可是后来才知道，她所承诺的所有，一样也没有，那个时候才知道自己被骗了。那时我还没有辞职，家里人都劝我放弃，别这样折腾了，又累又不挣钱。但是我觉得既然开始做了，就要努力把它做好。在那段日子里我无时无刻不在思考做教育。你知道吗，我想做教育的一切事情。"讲到教育，天悦变得有些激动，从书籍到教学，她确实有自己很多的想法。

"但是你知道吗？在中国对于很多人来说，尤其是女孩子，三十岁，是该稳定下来的年纪。几乎没有人敢在这个年纪选择从新开始。"

"其实我觉得，年龄只不过是个时间的记录者，除了记录我们在这个世界存在的时间长短，没有别的用处了。我觉得我还年轻，既然心里想做教育，那就要勇敢地去做。唯唯诺诺，犹犹豫豫，不仅自己不快乐，而且什么事也干不好。"

这样的话，真真正正地触动了我。

"说我呢，你也算是跟着自己的心走了，明明有着衣食无忧的工作，还要孤独一人跑到异国他乡来。"

"来，为我们跟随心走的勇气干杯。"我们举起了手中冒泡的汽水。

"我已经想好了，我必须得辞掉小刘老师。"还没等我说话，天悦继续说道："我知道她很努力，可是我已经给了她一个月的机会了，现在已经有两个学生直接退学了，还有一个学生不来上课，家长说如果不换老师，他家孩子也不想来了。再这样下去，培训班早晚得倒闭。我真的没有别的办法了。"

那是两个月之后接到天悦的电话，那时，我已经在泰国的另一个城市，我的工作也已经步入正轨。两人都忙，所以变得少有联系，正准备睡觉时，天悦打来这通电话。

我听出了天悦的无奈，当时面试小刘老师时，天悦也问了我的意见，我觉得她虽然年轻，但有过在国内的培训班的经验，又会泰语，应该没什么问题。本以为一切都开始走上正轨，可没想到小刘还是经验欠缺，天悦也想了很多办法补救：给她讲授方法，联系学校让她去实习上课。但结果都无济于事。

"可是更换老师，现在也没有办法立即找到新的老师，尤其是现在早就过了开学的时间。中间这段时间，没有老师，孩子是停课，还是找当地的留学生做兼职？不管怎样，对整个培训班的影响是比较大的，而且本来培训班也刚开始走向正轨。"我想这一切，天悦也一定有想到。

"有影响，总比迟早倒闭看不到希望好，我也没办法了。"电话那头传来天悦沉重的叹气声。

我知道她做这个艰难的决定，实属无奈。既然如此，我们决定好好为下一步做打算。经过一番讨论，终于有了一个并非万全之策的想法，缓解了燃眉之急，天悦也开始继续招老师，我和她都知道，一切都不容易。

"天悦，"我顿了顿："你现在后悔了吗？"

"哎……"天悦轻轻地叹了口气："后悔倒不至于，就是有些累，人累，心也累。但是就算最后补习班真的倒闭了，我也不会后悔，至少我用心去做过。有时候，就是你们常说的痛并快乐着，你知道吗？"

"是的，加油！"我很欣慰，这时的天悦还可以有这样积极的心态，和坚持的念头，也许就因为这是由心而生的梦想的原因吧。

几天之后，天悦告诉我一个似好非好的消息，她终于找到了一位优秀的中文老师，但是对方得在一个月之后才能来上班。一个月的时间，学生不可能停那么久的课，于是天悦马不停蹄地继续寻找可以立即上课的兼职老师，并且给学生家长一个一个打电话，说明情况。在她的努力下，有些家长终于接受了让兼职老师上课的想法。

"一切还好，不算太糟糕。"这是天悦给家长打完电话，向我说的唯一一句感叹。

半年后，因为假期到来，我回国的时候从曼谷转机，刚好天悦也在曼谷，本想打电话约她一起吃饭，没想到她直接拒绝了，理由是：太忙了。不过从她的声音中，可以听出忙碌的喜悦。

原来新来的那个老师确实是一个不错的人才，她不仅课上得好，还帮天悦增加了留学咨询的业务，现在这些都慢慢走上了正轨，虽然还谈不上挣钱，但一切都有了希望。

"明年我的计划是实现小学段的夏令营活动，还有很久之前我提到的教科书……"这一次，天悦的声音充满了活力，好像一下子年轻了好几岁。

一年之后，我期满准备回国了，终于在回国之前和天悦见了一面。

　　"最近好吗？"

　　"老样子，还不错。"天悦抿了口杯子里的水，笑着说道。

　　我知道，她现在的一切都很好，还收获了美满的爱情，她所说的老样子，也是稳步前进，一切都在她的计划当中，培训机构也慢慢地有了不错的盈利。

　　我想起了我们第一次见面的时候，在池塘边，木亭上，那时的她，刚放弃了所有，那时她的眼睛里，有希望，可是也掺杂着丝丝担忧。当我们谈到她的上一份工作时，虽然有着优厚的待遇，但她的每个毛孔，都透露着痛苦与疲惫。

　　而这一次，一年之后的她，每当谈到她的培训机构，她的眼里流溢出的都是满满的欣喜，用她的话说，以前的工作只是谋生的工具，所以每日的工作都是痛苦，而现在的工作，是事业，就像是自己孕育的一个孩子，就算幼小的它体弱多病，她仍然心甘情愿地为其付出所有。

　　我为现在的天悦感到由衷地开心，但我也知道，这一切都是她应得的，为这样一个"孩子"，她曾整夜未眠过，曾与人苦口婆心过，但正是因为从心里的热爱，一切的困难，都没有动摇她的坚持。

所以啊，无论何时，不要害怕，去跟着心的方向走一走吧，你总会有所收获。